青鸟童书
只做对得起时间的书

The Three Sacred Treasures
三个宝物

[日] 芥川龙之介 著

宋丽鑫 译 王小作 绘

北京理工大学出版社
BEIJING INSTITUTE OF TECHNOLOGY PRESS

版权专有　侵权必究

图书在版编目（CIP）数据

三个宝物 /（日）芥川龙之介著；宋丽鑫译 . -- 北京：北京理工大学出版社，2022.4（2025.4 重印）
ISBN 978-7-5763-1021-4

Ⅰ.①三… Ⅱ.①芥… ②宋… Ⅲ.①儿童故事—作品集—日本—现代 Ⅳ.① I313.85

中国版本图书馆 CIP 数据核字（2022）第 028399 号

责任编辑：封　雪　　　**文案编辑**：毛慧佳
责任校对：刘亚男　　　**责任印制**：施胜娟

出版发行 / 北京理工大学出版社有限责任公司
社　　址 / 北京市丰台区四合庄路 6 号
邮　　编 / 100070
电　　话 /（010）68944451（大众售后服务热线）
　　　　　　（010）68912824（大众售后服务热线）
网　　址 / http://www.bitpress.com.cn

版 印 次 / 2025 年 4 月第 1 版第 2 次印刷
印　　刷 / 武汉林瑞升包装科技有限公司
开　　本 / 880 mm × 1230 mm　1/16
印　　张 / 13
字　　数 / 130 千字
定　　价 / 59.90 元

图书出现印装质量问题，请拨打售后服务热线，负责调换

目录 contents

- 小白 001
- 蜘蛛丝 017
- 魔术 023
- 杜子春 038
- 火神阿耆尼 060
- 三个宝物 077
- 鼻子 096
- 仙人 108
- 秋山图 115
- 橘子 129

桃太郎　135

145　矿车

父亲　155

163　人偶

神犬与魔笛　186

小白

一

  一个春天的午后,一条叫作小白的狗在静谧(mì)的小路上边走边嗅。狭窄的道路两侧是绵延不断、发了芽的矮树篱笆(líba)。篱笆与篱笆之间有几棵类似樱花的树,树上稀稀落落地开着小花。小白沿着篱笆前进,随后转进了一条小巷。突然,它好像受到了惊吓一般,猛地停住了脚步。

  这也难怪,因为再往前十几米的地方,有一个穿着屠狗公司制服的人。那人把套狗绳藏在身后,正在盯着一条黑狗,而黑狗毫无察觉,此刻正吃着屠狗人投过去的面包等食物。可是,让小白吃惊的不只是这件事。如果是素不相识的狗就算了,但现在被盯上的正是隔壁邻居家的小黑。它们俩是好朋友，每天早上碰面时，都会互相嗅嗅对方的鼻子。

小白想都没想，就要大喊："小黑！危险！"但是，小白刚要出声，就和屠狗人四目相对了。屠狗人的眼神里充满恐吓，像是在威胁它说："你喊一下试试！先把你套进去！"

小白吓坏了，忘记了出声。不，不是忘记了，而是害怕了，害怕到它一刻也不想多停留。小白一边留意着屠狗人的举动，一边开始慢慢后退。等它一退到篱笆能遮住屠狗人的身影时，便抛下可怜的小黑，一溜烟地逃跑了。

与此同时，小白身后传来小黑接连不断的叫声，大概小黑已经被套索套住了吧。可是听到叫声的小白，别说折返回去，就连脚步也没有停下。它飞奔过泥泞的道路，踢开碎石子，钻过作为路障的拦路绳，又撞翻了垃圾箱。它没有回头，一刻不停地向前跑。

瞧啊，它冲下了坡道，哎哟！差点儿被车轧过去！小白可能除了逃命什么都顾不得了吧。不，小黑的叫声还在耳边回响："呜呜！呜呜！救命啊！呜呜！呜呜！救救我！"

二

小白终于气喘吁吁地回到了主人家。钻过黑墙下的狗洞，再绕过小仓库，就是狗屋所在的后院了。小白像一阵风似的跑到后院的草坪上，逃到这里，就不用再担心被狗绳套住了。况且，小姐和少爷正在绿油油的草坪上玩扔球游戏。看到此情此景，小白喜不自胜，摇着尾巴，飞奔到小姐和少爷身边。

"小姐！少爷！我今天遇到屠狗人了。"

小白抬起头看着二人，连气都没喘匀就说道。小姐和少爷当然是听不懂狗语的，所以只能听到汪汪叫的声音。但是不知道今天小姐和少爷是怎么了，也不摸小白的头，只是站在那儿发呆。小白觉得奇怪，就又说道："小姐！你知道屠狗人吗？是很可怕的家伙呢！少爷！虽然我逃掉了，但是邻居家的小黑被抓住了。"

小姐和少爷依旧面面相觑（qù）①。更奇怪的是，过了一会儿，两人竟然这样说："这是哪儿来的狗呀，春夫？"

"哪儿来的狗呢，姐姐？"

哪儿来的狗？这次轮到小白惊呆了。

小白能听懂小姐和少爷的话，但小姐和少爷听不懂小白的话。因为人类听不懂狗的语言，所以就以为狗也听不懂人类的语言。但实际上并不是这样的，狗之所以能学会各种技巧，就是因为听懂了人类的语言。

"哪儿来的狗是什么意思？是我啊！我是小白啊！"

但是，小姐依然嫌弃地看着它。

---

① 面面相觑：互相看着，不知道该怎么办。

"是隔壁小黑的兄弟吗？"

"可能是小黑的兄弟吧，"少爷一边把玩着球棒，一边若有所思地说，"它也是全身黑毛呢。"

小白听到后，身上的毛瞬间倒竖起来。黑毛？绝不可能！小白的毛从它生下来就像牛奶一样白。但是现在小白再一看，自己的前爪，不，不只是前爪，胸、腹、后腿，一直到尾巴，全是像锅底一样的黑毛。

"黑毛！黑毛！"小白发了疯一样上蹿下跳地狂叫起来。

"哎呀，怎么办呢，春夫？这一定是条疯狗！"

小姐被吓得站在那儿不敢动，甚至哭出声来。但是少爷很勇敢，小白的左肩立刻挨了他一棒。说时迟那时快，小白迅速躲过朝它的头飞来的第二棒，顺着原路逃跑了。但是，这次它没有像遇到屠狗人那样逃得那么远。在草坪尽头的棕榈（lú）树荫下，有一个涂成奶白色的狗屋。小白来到狗屋前，回头看向小主人们。

"小姐！少爷！我就是这里的小白啊。就算变得再黑，也还是那个小白呀。"

小白的声音由于悲愤而颤抖着，但是小姐和少爷是无法理解它的心情的。现在，小姐甚至有点儿讨厌它了。

"它还在那里乱叫，真是厚脸皮的野狗！"小姐气得跺着脚说道。少爷也是，他捡起小路上的石子，用力向小白扔去。

"畜生！还赖在这儿。看你还赖不赖！"小石子不断飞了过来。有的小石子砸到小白的耳根，那里渗出了鲜血。小白终于忍受不住，夹起尾巴逃了出去。黑墙外，一只沐浴着春光、镀着银边的菜粉蝶正在无忧无虑地扇动着翅膀。

"唉，难道从今天开始我就是无家可归的野狗了吗？"

小白叹了口气，呆呆地站在电线杆子下面，久久地望着天空。

三

被小姐和少爷赶出家门后，小白漫无目的地在东京城里游荡。但是，身体变成黑色这件事情，无论它走到哪里都无法释怀。它害怕理发店里用来给客人照脸的镜子；害怕雨过天晴后，路上倒映着蓝天的积水；害怕映着路边嫩叶的玻璃橱窗。不仅如此，就连咖啡厅桌子上放着的盛满黑啤酒的玻璃杯都让它感到害怕！可是怕又有什么用呢？请看那辆汽车。对，就是那辆停在公园外面的又大又黑的汽车。乌黑油亮的车身像镜子一样，清晰地映出朝这边走来的小白。如同这辆用来载客的汽车一样，到处都是能映出小白身影的地方。如果看见那辆汽车，小白该有多害怕呀！请再看看小白的脸，它痛苦地呻吟着，快速跑进了公园。

公园里，梧桐树的嫩叶像手掌一样在微风中轻轻挥动。小白垂头丧气地

在树林里走着。幸好公园里除了池水外，再没有其他能映出小白身影的东西了。周围也只能听到蜂群在玫瑰花上飞舞的声音。小白呼吸着公园里平静的空气，暂时忘记了自己已经变成一条丑陋的黑狗这件事。

但是，短暂的幸福可能还没持续五分钟，小白就梦游般地走到了一条摆放着长椅的路边。忽然，前方拐角处又传来了尖锐的狗叫声。

"汪汪！救命！汪汪！救命！"

小白不由得身体一颤。这声音让它再一次清晰地回想起小黑生前那恐怖的最后时刻。小白闭上眼睛，转身想逃，但是这想法转瞬即逝。小白凶猛地低吼着，坚强地回过身。

"汪汪！救命！汪汪！救命！"

这声音在小白听来就像在说："汪汪！不要退缩！汪汪！不要怯懦！"

小白低着头，朝声音传来的方向冲去。

等小白跑过去却发现，并没有杀狗这样的事情发生。只有两三个穿着洋服放学回家的孩子，他们正拖拽着一条脖子上套着牵狗绳的棕色幼犬，大喊大叫。小狗为了不被他们拖走而拼命挣扎，并重复着"救命"。但是孩子们根本听不懂，只管笑着、吼叫着，甚至踢小狗的肚子。

小白丝毫没有犹豫，朝着孩子们吼叫起来。孩子们被这突如其来的叫声吓了一跳。小白气势汹汹，露出了怒火中烧的目光和像利刃一样锋利的牙齿，孩子们误以为它会咬人，于是四处逃散，有的慌不择路，跳进了路边的花坛里。小白追了两三步便折回来,斥责般地对小狗说道:"你跟我来!我送你回家!"

小白勇敢地跑进了来时路过的树林。小棕狗开心地拖着一条长长的牵狗绳,钻过长椅,踏着散落在地的玫瑰,紧跟其后。

两三个小时后,小白和小棕狗一起伫(zhù)立在一个寒酸的咖啡屋前。即便是白天,咖啡屋里也很昏暗,里面已经亮起了红色的电灯,沙哑的留声机里播放着浪花曲①之类的音乐。

小棕狗骄傲地摇着尾巴,向小白说道:"我就住在这里,就是这间叫大正轩的咖啡屋。叔叔,您住在哪儿呢?"

"我?我住在很遥远的城市里,"小白落寞地叹了口气,"叔叔也该回家了。"

"等一下嘛。叔叔的主人很严厉吗?"

"主人?为什么这么问?"

"如果不严厉,今晚请留下来吧。您救了我,也请让我的母亲向您道谢。我家有牛奶、咖喱饭、牛排等好多好吃的。"

"谢谢,谢谢。但是叔叔还有其他事情,下次再吃吧。请你代我向你的母亲问好。"

小白看了看天空,默默地走上了石子路。天空中,咖啡屋的房檐上,一

---

① 浪花曲:一种三弦伴奏的民间说唱歌曲。

弯新月散发出皎洁的光辉。

"叔叔,叔叔,您等一下!"小棕狗悲伤地呜咽着。

"请至少告诉我你的名字。我叫纳普雷欧,大家都叫我小纳普或者纳普公。叔叔叫什么呢?"

"我叫小白。"

"小白?好奇怪呀。叔叔明明是全黑的,却叫小白?"

小白挺了挺胸膛。

"那也叫小白。"

"那就叫您白叔叔吧。小白叔叔,过几天请务必再来一次。"

"再见了,纳普公!"

"一路顺风,小白叔叔!再见!再见!"

四

这之后小白怎么样了呢?想必不用我一一讲述,大部分人也都知晓了吧。各大报纸都在报道它的故事,一条勇敢的黑狗,屡(lǚ)次救人于危难之中。甚至一度流行过一部叫作《义犬》的电影,而那条黑狗就是小白。如果有人不知道,就请看看下面的新闻摘选吧。

《东京日日新闻》：昨日（五月十八日）上午八点四十分，前往奥羽线的快速列车在通过田端站附近与城市道路相交的路口时，由于看守人员的失误，导致田端一二三公司的员工柴山铁太郎四岁的大儿子实彦误入列车轨道，险些被列车碾（niǎn）轧。在列车即将到来的危急时刻，一条强壮的黑狗闪电般冲了过去，从疾驰而来的列车车轮下成功地救出了实彦。就在人们议论纷纷之时，这条勇敢的黑狗却消失在了骚乱的人群中。因为没能表彰黑狗，有关部门表示非常遗憾。

《东京朝日新闻》：在轻井泽避暑的美国富豪爱德华·巴克莱夫人十分喜爱自己的波斯猫。近日她家别墅出现一条七尺余长的大蛇，想要吞掉露台上的波斯猫。幸好突然出现了一条黑狗，冲过去救下了猫咪，在缠斗了二十分钟后，终于将大蛇咬死。事后，这条黑狗不知去向，巴克莱夫人正悬赏五千美金求其下落。

《国民新闻》：第一高中的三名学生在横穿日本阿尔卑斯山脉时突然失联，后于八月七日到达上高地温泉。一行人在穿越穗高山和枪之岳时迷了路，加上前几日遭遇暴风雨失去了帐篷和粮食，已不抱任何可能生还的希望。就在这时，不知从哪里冒出一条黑狗，出现在众人迷失的溪谷中，宛如向导一般，为他们引路。三人跟着这条狗，走了一天多，终于来到了上高地温泉。但是据说，在大家能看到温泉旅店的屋檐后，这条狗欢快地叫了一声，便又走进了来时的竹林中。大家都认为这条狗是神明派来保护他们的。

《时事新报》：九月十三日，名古屋市发生的大火烧死了十余人。名古屋市长横关一家也险些失去爱子。由于家人的疏忽，他们三岁的儿子武矩被留在了火势正盛的二楼。正当一切快被烧成灰烬（jìn）时，一条黑狗将其子叼了出来。市长已下令，从今往后，在名古屋范围内禁止捕杀流浪狗。

《读卖新闻》：连日以来，宫城巡回动物园的展出为小田原町（tǐng）①市内公园聚集了不少人气。但是该动物园一头来自西伯利亚的大狼于十月二十五日下午两点左右，突然冲破坚固的围栏，在咬伤两名看门人后，向箱根②方向逃走。小田原警署因此展开了紧急行动，在全城范围布置警戒线。终于，下午四点半左右，大狼出现在十字町，和一条黑狗撕咬起来。黑狗奋力战斗，终于将敌方咬倒在地。巡警立即冲过去将大狼当场击毙。这头狼的品种叫"鲁普斯·金刚帝布斯"③，据说是最为凶猛的狼。但是宫城动物园园主认为击毙大狼的行为不妥，扬言要起诉小田原警署署长等。

五

一个秋天的午夜，身心疲惫的小白回到了主人家。

小姐和少爷早已入睡，这个时间点恐怕大部分人都已经进入了梦乡。寂静的后院草坪上，只有高高的棕榈树的树梢上挂着一轮明月。

---

① 町：相当于中国城镇街道的意思。
② 箱根：日本的温泉之乡。
③ 鲁普斯·金刚帝布斯：疑似作者虚构的狼的品种。

小白的身体已经被露水打湿，它来到昔日的狗屋前休息，对着寂寞的月亮自言自语道："月亮啊！月亮！我曾对小黑见死不救，我想我的身体之所以变成黑色，大概就是这个缘故吧？但是自从我和小姐还有少爷分别后，就一直在和所有的危险战斗。因为一看到这比煤还黑的身体，我就会记起自己的懦弱。我不想一直是黑色的。为了杀死黑色的我，我跳入火中，或与狼战斗。但不可思议的是，没有一个强大的敌人能夺走我的生命，恐怕连死神看见我的样子都要逃跑。我太痛苦了，我决心离开这个世界。但是在离开前，我想再见见我可爱的主人，哪怕一眼也好。当然，等明天小姐和少爷醒来后看见我，一定还会认为我是不知从哪来的野狗吧，没准儿我会被少爷用球棒打死。但即便是那样，也算是完成了我的心愿。月亮啊！月亮！我除了见主人一

面别无他求,所以今夜,我不远千里回到了这里。无论如何,请让我在天亮后见到他们吧。"

小白自言自语完,将下巴放在草地上,不知不觉地睡着了。

"吓了我一跳,春夫。"

"怎么了,姐姐?"

小白听到小主人的声音,立即睁开了眼睛,抬头看。只见小姐和少爷正站在狗屋前,惊讶地看着对方。小白见状又低下了头,趴回草地上。小白刚变成黑色的时候,小姐和少爷也像这般惊讶。一想到那时的悲伤,小白现在后悔回来了,于是它站了起来。

但是就在这时,少爷突然蹦起来,大声喊道:"爸爸!妈妈!小白回来啦!"

小白?小白不禁也跳了起来。

小姐可能以为它要逃跑,伸出双手紧紧抱住了它的脖子。同时,小白直勾勾地看向小姐的眼睛。在小姐黑色的眼眸(móu)里,清清楚楚地映着狗屋。当然是在高高的棕榈树的阴影里乳白色的狗屋。但是,在狗屋前,坐着一条米粒大小的白狗,洁白、清秀。

小白恍惚地看着这条狗的身影,入了神。

"呀,小白哭了。"小姐紧紧地抱着小白,抬头看向少爷。而少爷,您瞧,少爷还是那么逗威风!

"咦?姐姐也哭鼻子了嘛!"

蜘蛛丝

一

有一天,释迦(jiā)牟尼①在极乐世界的莲花池旁独自散步。池中的莲花个个像玉一样洁白无瑕,花朵中央的金色花蕊不断散发出无可比拟的香气。现在的极乐世界正值清晨。

释迦牟尼朝池边倾了倾身子。忽然,他从莲叶的缝隙间看到了池水下面的世界。极乐世界的莲池下面,正好是地狱的底层。透过水晶般清透的池水,三途河②和刀山剑树的诸般景象就像置于放大镜下一般,清晰可见。

---

① 释迦牟尼:原名乔达摩·悉达多,是佛教的创始人。
② 三途河:地狱里的河流。传说中,三途河是生死界限。因为水流的速度会根据人的生平事迹分成缓慢、普通、急速三种,所以被称为"三途河"。

在地狱的底层，一个叫犍（jiān）陀多的男人和其他罪人一起在地狱底层挣扎的样子引起了释迦牟尼的注意。犍陀多是一个杀人放火、罪恶滔天的大盗，但他也做过善事，虽然只做过一件。当时，他正在森林中行走，他看到路边有一只小小的蜘蛛，便立即抬起脚，想要踩死它。但他突然想到："不可，不可。虽然它很小，但也是一条生命。这般草率地夺去它的性命，它就太可怜了。"于是，他没有杀死蜘蛛，而是放了它一条生路。

释迦牟尼看到地狱里的情形，想起了犍陀多救过蜘蛛这件事。虽然是小小的善举，但也不能忽视。释迦牟尼想，如果可能，就把这个男人从地狱中救出来吧。很幸运，释迦牟尼一侧头就看到一只极乐世界的蜘蛛，正在翡翠般的莲叶上用美丽的银丝织网。释迦牟尼用手轻轻地取下一根蛛丝，穿过朵朵如玉的白莲，将它笔直地送往了遥远的地狱底层。

二

这里是地狱底层的血池，犍陀多和其他罪人一起沉浮其中。在这里，视线所及之处皆为黑暗，偶尔从黑暗处露出的光芒，也是可怕的刀山剑树的寒光。这里没有希望。不仅如此，这里还十分寂静，如同身处坟墓中一般，偶尔能听到的也只是罪人们微弱的叹息声。这大概是因为，凡是沦落到这里的罪人，都已经历过地狱中所有的惩罚，早已筋疲力尽，连哭的力气都没有

了吧。所以,就算是大盗犍陀多,在血池里也只能像濒死的青蛙一样呛着血水,痛苦地挣扎。

就在这时,犍陀多无意间抬头看了一眼血池的上空,竟然发现一根银色的蜘蛛丝,仿佛怕被人看见似的闪着细微的银光,从遥不可及的上方,穿过沉寂的黑暗,迅速地朝自己的头顶垂下来。犍陀多看见蜘蛛丝情不自禁地拍起手来。只要攀上这根蜘蛛丝一直爬,一定能逃离地狱。不,如果顺利,没准儿能到极乐世界去呢。那样,就不用上刀山,也可以免于遭受血池之苦了。

想到这里,犍陀多迅速地用双手紧紧抓住了蜘蛛丝,开始拼命地一下一下往上爬。犍陀多原本就是大盗,这种小事对他来说不在话下。

但是地狱和极乐世界之间相隔几万里。就算再着急,也不是那么容易就能爬上去的。爬了好一会儿,犍陀多终于累了,爬不动了。他打算暂时休息一会儿,便挂在蜘蛛丝上朝下望。

因为努力向上爬,自己刚刚所在的血池如今已隐没在黑暗里了,那散发着幽光的可怕刀山也已在自己脚下。照这样爬下去,从地狱中逃离未必是不可能的事。

犍陀多自从来到这里,几年来都没有说过话。此时,他两手缠在蜘蛛丝上,第一次发出了声音:"太好了,我得救了!"

他笑了起来。但是他突然发现,蜘蛛丝的下面,有数不尽的罪人正跟在他的后面，像蚁群一样，一个接着一个地往上爬。犍陀多见状又惊又怕，傻愣愣地张大嘴巴，只有眼睛在动。他想，光承受我一个人的重量，这根蜘蛛丝就好像快要断了，它是如何承受得住这么多人的呢？万一它在途中断了，现在爬在最前面、好不容易爬到这儿的我，必定要跌回地狱，那就太糟糕了。就在他这么想的工夫，又有成百上千的罪人，拥挤着从漆黑的血池底端爬到上面，在纤细发光的蜘蛛丝底端会成一列，拼命地往上爬。如果现在不赶紧想办法，一会儿蜘蛛丝肯定会从中间断开，自己也将跟着掉下去。

于是，犍陀多大声喊道："喂，罪人们！这根蜘蛛丝是我的！你们经过谁的允许了就敢往上爬？下去，快下去！"

就在这时，一直安然无恙的蜘蛛丝，突然从犍陀多悬挂的地方"啪"的一声断开了，这下犍陀多也没办法了。眨眼

的工夫都不到,他就像陀螺一样翻滚着,坠入了黑暗深处,只留下一根来自极乐世界的蜘蛛丝,飘垂在没有星月的半空中,散发着细微的光芒。

三

释迦牟尼站在极乐世界的莲池边,关注着那边的一举一动。当看到犍陀多像石头一样沉入血池底部时,他的脸上露出了悲伤的神情。之后,他再度踱起步来。

犍陀多只想着让自己脱离地狱,没有慈悲的胸怀,因此遭到了相应的惩罚,坠回了地狱。在释迦牟尼眼里,犍陀多就是这般可悲、可耻、可叹吧。

但是极乐世界莲花池里的莲花,却丝毫没有被这件事影响。那洁白如玉的花朵,在释迦牟尼脚边摇曳(yè)着,而中央的金色花蕊不断向周围散发出无可比拟的香气。快到极乐世界的中午了。

魔术

这天晚上下着阵雨。载着我的人力车在大森附近崎岖（qíqū）的坡路上颠簸（diānbǒ）了一阵后，终于在一座被竹林包围的西式洋房前停了下来。车夫的提灯照亮了狭窄的大门，门上灰色的漆皮已经脱落，唯有用日文写着"印度人玛提拉姆·米斯拉"的陶瓷门牌是新的。

说到玛提拉姆·米斯拉，我想各位也许并不陌生。米斯拉生于加尔各答①，长年致力于推进印度独立的事业，是一名爱国者。同时，他也从著名的婆罗门②哈桑·康那里习得了秘法，是一位年轻有为的魔术大师。大约一个月前，我通过朋友的介绍，开始和米斯拉来往，但都是在讨论政治、经济

---

① 加尔各答：是印度西孟加拉邦首府，即 1772 年—1911 年英属印度的首都。
② 婆罗门：印度宗教里执行祈祷的祭司。

方面的问题,他表演魔术的关键时刻我一次也没在场。所以我写信拜托他表演一次魔术给我看,并在约好的这晚,急不可待地坐着人力车,来到了他当时住的地方——一座建在寂静的大森市郊外的公寓。

我淋着雨,借着车夫的手提灯发出的微弱亮光,按响了门牌下方的门铃。不久,便有人出来应门,是负责照顾米斯拉的老女仆,一个身材矮小的日本老婆婆。

"米斯拉先生在家吗?"

"在,恭候多时了。"

老婆婆亲切地说,随即将我带到玄关尽头,进入米斯拉的房间。

"晚上好,下雨天您也赴约了。"

米斯拉皮肤黝(yǒu)黑,眼睛很大,嘴唇上方留着柔软的胡子。他捻(niǎn)了捻桌子上煤油灯的灯芯,精神饱满地说道。

"只要能一睹您变魔术的风采,下点儿雨算什么。"

我坐到椅子上,透过昏暗的灯光,环视着阴暗的房间。

米斯拉的房间采用的是质朴的西式装潢(huáng),正中间放着一张桌子,墙边靠着一个大小适中的书架,窗户前有一张书桌,剩下的就是我们坐着的椅子了。而这些桌椅都很破旧,就连盖在桌子上面、边角上绣着红色花朵的漂亮桌布,也磨得绽了线,仿佛随时会碎裂似的。

寒暄过后,我们听着雨水落在竹林里的声音发了会儿呆,直到老女仆端来了红茶，米斯拉才打开烟盒盖，问道："要不要来一根？"

"谢谢。"我没有客气，拿起一根烟点着，"听说供您驱使的精灵叫'金'，那么，接下来我要见识的魔术，也需要借助它的力量吗？"

米斯拉也点着一根烟，微微地笑着，吐出清香的烟雾。

"恐怕在几百年前，天方夜谭时代的人，才会有'金'之类的精灵存在的想法吧。我是从哈桑·康那里学来的魔术，只要您想，您也能掌握。这只不过是高明的催眠术罢了。看，只要用手这样一比画。"

米斯拉抬起手，在我眼前画了两三次像三角形一样的图案，然后将手往桌子上一放，桌布边上绣着的红色花朵便被摘了下来。我吓了一跳，不由得翘起椅子靠过去，仔仔细细地端详那朵花。绝对没错，就在刚刚，这朵花还只是桌布上的一个图案而已。

当米斯拉将花递到我的面前时，我闻到了一股浓重的类似麝（shè）香①的味道。我太惊讶了，不停地赞叹。米斯拉仍然保持着微笑，随手又将花送回到桌布上。当然，就像原来绣上去那样，别说摘下来了，就连一片花瓣都别想让它动一下。

"怎么样，简单吧？现在请看这盏灯。"

米斯拉说着，重新摆放了一下桌上的煤油灯，不知道什么原因，这一

---

① 麝香：一种中药材，来自鹿科动物雄性香囊中的干燥分泌物，具有提神醒脑、活血通经络、消肿止痛的功效。

动,煤油灯便像陀螺一样旋转起来。但是煤油灯并没有像陀螺那样会移动位置,而是立在那里以灯罩为轴心,越转越快。刚转起来的时候我就被吓破了胆,几度担心要是着火了可怎么办。但是米斯拉只是静静地品着红茶,一点儿也不担心。于是我也大胆起来,眼睛一眨不眨地盯着转得越来越快的煤油灯。

旋转的灯盖带起了风,唯有黄色的火焰岿(kuī)然不动,此番景象是多么美丽与不可思议,让人难以形容。终于,灯的旋转速度达到了肉眼不可见的程度。忽然,一切又像不曾发生过一样,灯依旧静静地立在桌子上,连灯罩也不曾偏倚半分。

"惊奇吗?这不过是哄小孩子的把戏而已。如果您愿意,我再给您看一个吧。"

米斯拉转过身,看向后面墙壁处的书架。他朝书架的方向伸出手,像召唤一样勾了勾手指,摆在书架上的书便一本本动起来,自然而然地飞到了桌子这边来。它们飞行的方式是书皮朝两侧打开,像在夏天的傍晚时分交错飞行的蝙蝠一样,扇着翅膀,在半空中翩翩起舞。

我叼着烟卷,目瞪口呆。在昏暗的灯光中,几本书自由地飞来飞去,然后一本一本有秩序地飞到桌子上,叠成金字塔的形状。等所有书都飞过来后,它们便立即折返,像来时那样一本一本地又飞回到书架上去了。

接下来,是整个魔术中最有意思的部分。其中一本装订粗糙的薄书,和

其他书一样展开书皮做翅膀，轻飘飘地飞到桌子上空盘旋了一会儿。突然，书页沙沙作响，这本书头朝下栽到了我的膝盖上。怎么掉下来了呢？我拿起来一看，这是我大概一周前借给米斯拉的一本新出的法国小说。

"谢谢您把书借给我这么长时间。"米斯拉用带着笑意的声音向我道谢。

当然，那时大部分的书已经从桌子上飞回书架上了。

我如梦初醒般，一时间连客套话都说不出来，但是却想起了米斯拉刚才说过的话："我的魔术如果您想学也不难。"

于是我说："您的魔术我早有耳闻，但是说实话，我没有想到会是如此不可思议。您刚刚说像我这样的人也可以运用，不是开玩笑吧？"

"可以，谁都可以随心所欲地运用，但是……"米斯拉看着我，用与平时不同的严肃口吻说，"但是有私欲的人用不了。想学习哈桑·康的魔术，首先要摒（bìng）弃①私欲。您能做到吗？"

"我可以。"我虽然这么说，但总觉得有点儿心虚，于是又立即补充道，"只要您教我魔术。"

即便如此，米斯拉还是用怀疑的眼神看着我。也许米斯拉考虑到一再确认未免有些失礼，所以他慷慨地点了点头说："那就教您吧。不过，虽然魔术不难掌握，但学习还是要花一些时间的，今晚您就住在我这里吧。"

---

① 摒弃：舍弃、放弃的意思。

"给您添麻烦了。"

我为能学魔术感到非常高兴,多次向米斯拉道谢,但是米斯拉并没有在意,静静地从椅子上站起来说:"婆婆,婆婆。今晚客人要留宿,麻烦您准备一下床铺。"

我激动万分,甚至忘记了掸(dǎn)烟灰。煤油灯的灯光正好打在米斯拉的脸上,我不由得一直盯着米斯拉亲切的面庞。

我跟米斯拉学习魔术已经一个月了。

这天夜里,也哗哗地下起了雨。我和五六个朋友在银座①的某个俱乐部的包间里聚会,大伙围坐在暖炉前,轻松地闲聊着。

再怎么说,这里也是东京的中心,窗外的大街上车水马龙,雨水肆意地拍打在汽车和马车的棚顶,因此,这里听不到大森的竹林里那种寂寞的雨声。

当然,屋内的环境也完全不同。无论是明亮的电灯灯光、宽大的摩洛哥皮椅,还是光滑闪亮的拼木地板,以及窗内的其乐融融,都无法和米斯拉那看上去就觉得有精灵出没的房间相提并论。

我们在烟卷的烟雾中,聊着关于狩猎和赛马的话题。突然,一位友人将烟蒂扔进暖炉中,转头对我说:"听说你最近在学魔术,怎么样,今晚给大家露一手吧?"

---

① 银座:日本首都东京的一个主要商业区。

"可以。"我靠着椅背，仿佛自己是魔术大师一样，傲慢地回答道。

"变什么就由你自己决定吧，总之，给我们看一些其他魔术师不会的、神奇的东西吧。"

其他友人似乎也赞成这个想法，一个个将椅子挪过来，催促地看着我。于是我慢慢站起来，说："看好了，我的魔术没有秘密也没有机关。"

我一边说一边卷起袖子，轻而易举地将暖炉中烧得正旺的煤炭取出，放在手上。围着我的朋友们，仅仅看到这儿就已经吓坏了，大家面面相觑，不自觉地向旁边闪躲，害怕地向后退，生怕被烧伤。

我沉着冷静地向大家展示了手上的煤炭，然后猛地将它撒向拼木地板。与此同时，另一种奇妙的响声盖过了窗外的雨声，突然在地板上响起。这是火红的煤炭在离开我掌心时，变成了无数光彩夺目的金币，像雨一样散落在地板上发出的声音。

朋友们都像做梦一样惊呆了，甚至忘记了喝彩。

"就先到这里吧。"我得意地微笑着，默默地回到原来的椅子上。

"这些都是真的金币吗？"目瞪口呆的朋友中，终于有一个人朝我问道。而这已经是大概五分钟之后的事情了。

"是真的金币，不信捡起来看看。"

"碰了不会烧伤吧？"一位友人战战兢（jīng）兢地捡起地板上的金币，"果然是真的金币。喂，服务员！拿扫帚和簸箕来，把这些扫到

一起。"

服务员立刻按照吩咐，将地板上的金币扫到一起，堆到了旁边的桌子上。朋友们围在那张桌子旁，开始称赞我的魔术。

"大概有二十万日元了吧？"

"不，不止二十万日元吧。如果这个桌子不结实，恐怕早已被压塌了吧。"

"真是学到了了不起的魔术呢！火红的煤炭转眼间就变成了金币。"

"照这样下去，用不了一周就能成为和岩崎[①]、三井[②]一样的大富豪了吧。"

而我，依然靠在椅子上，悠然地吐着烟圈："不行的。一旦有了私欲，我的魔术就不灵了。所以，既然你们看过了那些金币，我就该立即把它们扔回暖炉里。"

朋友们一听，立刻不约而同地表示反对。他们认为，将这么多金币变回煤炭，实在是浪费。但是我和米斯拉有约在先，所以无论如何也要把金币变回去，于是，我固执地和朋友们争吵起来。

突然，朋友中最狡猾的一个人冷嘲热讽道："你想把金币变回煤炭，而我们不想。照这样争吵下去肯定没完没了。所以我想，不如你拿这些金币做

---

① 岩崎：岩崎家族是19世纪时期日本的第一财阀（fá），由岩崎弥太郎创建了三菱（líng）商会，即现在的三菱集团。
② 三井：日本三井家族统治的三井财团，是第二次世界大战前日本规模最大的财团。

赌注，和我们赌牌。如果你赢了，不管要把金币变回煤炭还是怎样都随你处置。但是，如果我们赢了，你就得让煤炭保持着金币的样子交给我们。这样一来双方就都没有什么好抱怨的了，不就皆大欢喜了吗？"

即便如此，我还是摇头，没有轻易答应他。

那位朋友渐渐露出轻蔑的微笑，狡猾地看看我，又看看桌子上的金币，说："你不想和我们赌牌，其实是不想我们拿走那些金币吧？说什么使用魔术必须抛弃私欲，我倒是怀疑你的决心。"

"不，我并不是舍不得这些金币才要把它们变回去的。"

"既然不是，就和我们赌牌吧。"

就这样争论了几个回合后，我还是不得不按照朋友的意思，拿桌上的金币做赌注，和他们赌牌。朋友们都很高兴，立刻拿来一副牌，围在房间角落里的牌桌旁，催促着我。

我没有其他办法，只能不情愿地开始和朋友们赌牌。但是不知道为什么，平时并不擅长赌牌的我，在那天晚上却出奇地厉害，一直赢牌。没想到不到十分钟，我便从一开始的毫无兴致，变得开始觉得有意思，进而忘乎所以，上瘾了。

朋友们本来是打算从我这儿一分不少地夺走全部金币，才特意与我赌牌的。现在却是一个比一个焦急，全都脸色大变，一心只想争个输赢。但是不管朋友们怎么着急，我就是一次也没输过。到最后，我赢得的金额竟和那堆金币差不多了。

于是，刚刚那位狡猾的朋友像疯了一般把牌放在我面前，说道："来，抽牌。我赌上我的全部财产，地皮、房屋、马、汽车，全都赌上。但是，你也要赌上所有金币和你目前为止赢到的所有钱。来吧，抽牌。"

我在这一刹那起了私欲。如果这一次我输了，不只桌子上堆积如山的金币，还有到目前为止我赢来的所有金钱，都会被朋友拿走；但只要赢了这一次，我就能一下子拿走他的全部财产。这种时候不利用魔术，我苦心学习的意义何在？这么一想，我便开始不能自持，悄悄施展魔术，拿出决斗一般的气势说："好吧。你先来。"

"九。"

"国王K。"

我将抽到的牌举到对方苍白的面前，得意扬扬地说。突然，神奇的事情发生了。扑克牌上的国王好像有了灵魂，他抬起戴着王冠的头，将身体伸出了牌面。他举止优雅地握着剑，露出了令人胆寒的冷笑，然后用熟悉的声音说道："婆婆，婆婆。客人要回去了，不用准备床铺了。"

突然，不知道为什么，窗外开始变得风雨交加，连雨声都变得像大森竹林里那晚一样寂寞了。

我忽然醒过神来，向四周环视，发现自己仍然沐浴着昏暗的煤油灯光，和米斯拉相对而坐。而他，笑得和扑克牌上的国王一模一样。

我见指间夹着的烟卷上的烟灰还没有掉落，便明白，我所以为的一个月时间，不过是两三分钟的梦境而已。但在这两三分钟的时间里，我和米斯拉都明白了一件事，那就是我没有资格学习哈桑·康的魔术。

我惭愧地低下头，没有说话。

"想使用我的魔术，首先要摒弃私欲。您的修行还不够。"

米斯拉将胳膊肘放在绣着花朵图案的桌布上，用遗憾的眼神看着我，心平气和地劝诫我。

杜子春

一

　　一个春日的日暮时分,在唐都洛阳的西门下,一个年轻人木讷(nè)地仰望着天空。这个年轻人叫杜子春,本来是有钱人家的儿子,如今家财散尽,变成了有上顿没下顿的流浪汉。

　　当时的洛阳城是天下无双的大都市,大街上车水马龙,繁华至极。阳光像油一样洒满整个西城门。夕阳下,老翁戴着的纱帽、女人戴着的金耳环、装饰白马的彩色缰绳……美好的事物络绎不绝地流动而过,宛如画卷。

　　然而,杜子春仍然靠在西门的门柱上,呆呆地望着天空。月牙像指甲印一样,幽白地浮现在晴朗艳丽的晚霞中。

"天黑了，肚子饿了，还没有住的地方。如果总要思考这些事情，那真是太烦心了。"

从刚才开始，杜子春就一直在思考这些毫无意义的事情。

突然，不知从哪里来了一位独眼老翁，在他的面前停了下来。老翁站在夕阳下，阳光将他的影子拉得很长。他盯着杜子春的脸，傲慢地问道："你在想什么呢？"

"您问我吗？我连今晚睡觉的地方都没有，在想该如何是好。"老翁问得突然，杜子春垂下眼，直接诚实地回答道。

"这样啊，真可怜。"老翁想了想，然后指着照射在地上的阳光说道，"我告诉你一件好事吧。你现在站在这片阳光中，看看阳光投射在地上的自己的影子，半夜来挖影子头部所在的位置，一定能挖出满车黄金。"

"真的吗？"杜子春难以置信地抬起眼睛，但更让他难以置信的是，那位老翁已经消失得无影无踪了。

此时，空中的月亮更加皎洁，川流不息的大道上已经有两三只性急的蝙蝠在飞舞了。

二

杜子春一夜之间成了洛阳城内无人能比的大财主。他按照那位老翁说的，夜里来挖影子头部的位置，果然挖出了许多黄金，多到用一辆车都装

不下。

杜子春暴富后立即买了一座豪华的大房子，过上了不亚于玄宗皇帝①的奢侈（shēchǐ）生活。他买陵兰的酒和桂州的龙眼，在庭院里种着一天变四种颜色的牡丹，还散养着几只孔雀。收集美玉、缝制锦衣、打造香木车、定制象牙椅……如果把这些一一列举出来，恐怕这个故事永远也讲不完。

听闻此事，之前在路上对他视而不见的朋友们也都前来拜访，而且每天的人数都在增加，不到半年，洛阳城里知名的才子佳人便都来过了。杜子春每天都举办盛宴招待朋友，酒宴的盛大无法用言语形容，拣一些有特点的来讲：杜子春用金杯喝来自西方的葡萄酒，观看来自天竺的魔术师表演吞刀，身边围着二十个女人吹笛子或弹琴，其中十个女人用翡翠雕刻的莲花作头饰，另十个女人用玛瑙（nǎo）雕刻的牡丹作头饰。

但是钱的数量是不变的，不管多么有钱的大财主，也有挥霍完的一天。就算富有如杜子春，过了一两年，也渐渐衰落了。于是，昨天还来玩的朋友们，今天经过门前也不会进去问候一声。到了第三年春天，杜子春又和以前一样身无分文，连愿意借他住宿的人家都没有了。不对，别说借宿，如今连一碗水都没人愿意给他喝了。

于是，某一天傍晚，他再一次来到西门下，呆呆地望着天空，茫然无助。突然，和上一次一样，独眼老翁不知从何处而来，对他说道："你在想

---

① 玄宗皇帝：唐朝皇帝李隆基，即唐玄宗。

什么呢?"

杜子春看到老翁,不由得惭愧地低下头,半晌没有回话。但是,老翁只是亲切地重复上次说的话,所以他也战战兢兢地回答道:"我连今晚睡觉的地方都没有,在想该如何是好。"

"这样啊,真可怜。老夫告诉你一件好事吧。你现在站在这阳光中,看看阳光投射在地上的自己的影子,半夜来挖影子胸部所在的位置,一定能挖出满车的黄金。"

老翁说完,又消失在人山人海中。

第二天,杜子春又突然成为天下第一的大财主,和之前一样,他又开始了挥霍无度的奢侈生活。庭院中盛开的牡丹花、花丛中睡觉的孔雀,还有表演吞刀的天竺魔术师,一如往昔。

所以,那满满一车堆叠如山的黄金,到了第三年,又花光了。

三

"你在想什么呢?"独眼老翁第三次来到杜子春面前,问了同样的问题。

当然,此时的杜子春依旧站在西门下,眺望着刚刚撕破晚霞的月牙,茫然地伫立着。

"您问我吗？我连今晚睡觉的地方都没有，在想该如何是好。"

"这样啊，真可怜。老夫告诉你一件好事吧。你现在站在这阳光中，看看阳光投射在地上的自己的影子，半夜来挖影子腹部所在的位置，一定能挖出满车的……"

老翁的话还没说完，杜子春便突然抬起手，打断了老翁。

"不，我已经不需要钱了。"

"已经不需要钱了？哈哈，看来你终于厌倦了奢侈的生活。"老翁审视着杜子春。

"不是厌倦了奢侈的生活，而是厌倦了人类。"杜子春露出厌倦的神情，直言道。

"这话挺有意思。为什么厌倦人类呢？"

"人类全都薄情寡义。我有钱的时候，他们趋之若鹜（wù）①，一旦我没钱了，您看，一个个连好脸色都没有。一想到这里，我就觉得即使我再次成为富豪，也没有意义。"

老翁听了杜子春的话，突然别有用意地笑了起来："是吗？你和其他年轻人不同，是一个悟性很高的男人。那么，即使从此以后生活潦（liáo）倒，你也能够随遇而安吗？"

杜子春迟疑片刻后，立即坚定地抬起眼睛，恳求般地看着老翁，说：

---

① 趋之若鹜：形容很多人争相追逐。

"现在的我还做不到。所以，我想拜您为师，学习仙术。不，请不要隐瞒，您就是道行高深的仙人吧？如果不是仙人，又怎能一夜之间就让我成为富甲天下的大财主。无论如何，都请您收我为徒，教我不可思议的仙术。"

老翁皱着眉头沉默许久，好像在思考什么，最后莞（wǎn）尔一笑，爽快地答应了："老夫确实是住在峨眉山上的铁冠子仙人。初次见你时就觉得你悟性不错，所以让你当了两次富翁，如果你那么想成为仙人，老夫就收你为徒吧。"

杜子春高兴得不得了，老翁的话还没说完，他便又是鞠躬，又是磕头。

"不必行此大礼，就算是我的徒弟，能不能成为了不起的仙人还是要看你自己。总之，先随我回峨眉山看看吧。哦，太好了，这里有一根竹竿。我们乘上它，飞过去吧。"

铁冠子拾起地上的一根竹竿，和杜子春像骑马一样跨在竹竿上，同时口中念念有词。于是，竹竿便像龙一样腾空而起，穿过春日晴朗的晚霞，飞向峨眉山。杜子春心惊胆战地向下望去。夕阳的余晖下，只有万丈青山，根本看不到洛阳城的西门，也许是和晚霞混在一起了吧。铁冠子两鬓（bìn）的白发被风吹起，开始放声高歌：

朝至北海暮至苍梧。

袖中青蛇胆大心粗。

三入岳阳仍不识君。

吟诵之间，已过洞庭湖。

四

二人乘坐着竹竿，不一会儿工夫就来到了峨眉山上空。

他们的落脚之处，是一块濒临峡谷、宽敞的岩石。这里似乎相当高，北斗星的光芒看起来竟有茶碗那么大。由于深山里人迹罕至，此处鸦雀无声，唯一能听到的声音就是身后绝壁上的那棵弯松被夜风吹得呼呼作响。

两个人落到大石头上后，铁冠子让杜子春坐在悬崖边的岩石上，然后对他说："我现在要去天庭拜见西王母[①]，我回来之前你就坐在这儿等我。等我一走，各种魔物定会现身想取你性命，但是不管发生什么事，你都不要出声。哪怕只说一个字，你也成不了仙人。记住，就算天崩地裂也要保持沉默。"

"好的，我绝对不会出声，哪怕丢了性命也会保持沉默。"

"嗯，听你这么说我就放心了，我去去就来。"

老翁同杜子春告别后，又跨上那根竹竿，消失在漆黑的夜空中。

杜子春独自坐在岩石上，静默地眺望着星辰。才过了半个时辰，杜子春就要被深山夜晚的寒气冻透了。

---

① 西王母：在中国神话故事中，西王母是道教中至高无上的女神，是女仙之首，掌管长生、孕育。

突然,空中传来了呵斥声:"何人在此?"

但是杜子春谨遵仙人的嘱咐,没有回答。

过了一会儿,同一个声音再次严厉地恐吓道:"如果不回答就要你小命!"

杜子春依旧保持沉默。

紧接着,不知从哪里爬上来一只两眼放光的老虎,它突然跳到了岩石上,盯着杜子春咆哮了一声。同时,杜子春头上的松枝突然剧烈抖动起来,一条四斗①酒桶那么粗的白蛇,吐着火红的芯子,从后面的

---

① 斗:计量粮食的工具,1斗=10升。

悬崖峭壁上一点点爬了下来。

杜子春依旧泰然自若地坐在那里，眉头都没皱一下。

而老虎与蛇因为盯上同一个猎物，窥视着彼此，等待时机。忽然，二者一起向杜子春扑来。就在杜子春猜测自己是死在虎嘴还是蛇口下时，老虎和蛇都变成雾消散在了夜风中。只有峭壁上的那棵松树和刚才一样，摇晃着树枝呼呼作响。杜子春松了一口气，期待着接下来的事情。

忽然起风了。像墨一样的乌云刚连成一片，淡紫色的闪电就将黑暗劈成了两半，随即响起了震耳欲聋的雷鸣声。不，不只是雷声，还下起了瓢泼大雨。

杜子春在这般恶劣的处境中，仍然面不改色地坐在那里。呼啸的风声、四溅的水花，还有不间断的电闪雷鸣，让人觉得即便是峨眉山，也快塌了。一阵震耳欲聋的雷声过后，一根通红的火柱冲破漩涡状的黑云，朝杜子春头顶落下来。

杜子春毫不犹豫地堵住耳朵，趴到一块石头上。

转眼间，天空又像刚才那般清晰（xī）了，群山之巅（diān），茶碗大小的北斗星光闪耀如初。如此看来，刚才的暴风雨跟老虎和蛇一样，都是趁铁冠子不在，前来捣乱的魔物的把戏。杜子春终于放下心来，擦了擦额头上的冷汗，坐回岩石上。

但是，杜子春叹的这口气还没吐完，一个身着金甲，身高三丈有余的威武神将出现在他的面前。神将突然举起手中的三叉戟（jǐ），将刀刃指向杜子春的胸口，怒瞪双眼呵斥道："喂，你到底是什么人？自从开天辟地起，我便住在这峨眉山上。你一个人踏足这里却毫不畏惧，难道你还有同伙？快说，想保命的话就快说！"

但是，杜子春仍按照老翁的指示，闭口不言。

"还不说？好，那就莫怪我的属下们将你砍成碎片了。"

神将举起三叉戟朝对面的高山一挥，黑暗的夜空便被撕开，神兵铺天盖地拥过来，手里全都拿着发光锃（zèng）亮的刀枪。

杜子春见状不由得想大喊一声，但是他立即想起铁冠子的话，拼命忍住没有出声。神将见他不害怕，怒不

可遏。

"你这个顽固的家伙。既然你不回话,莫怪我按照刚才说的杀了你。"

神将话音刚落,便挥舞着三叉戟刺死了杜子春。神将哈哈大笑,笑声响彻峨眉山。同时,神将和那无数的神兵一起消失在了呼啸的风声中,一切宛如梦境。

北斗星的寒光再一次照到岩石上。峭壁上的松树一如既往地颤动着树枝,发出呼呼的响声。

此刻的杜子春已经没了呼吸,仰面倒在了那里。

五

杜子春的身体躺在岩石上,而他的灵魂则轻轻地从身体中抽离出来,飘到了地狱。

人世与地狱之间有一条暗穴道,那里常年被黑暗笼罩,刮着刺骨的寒风。杜子春就像树上的最后一片树叶,随着寒风飘了一会儿,最后来到了一座威严的大殿前。大殿上挂着一块匾,上面写着"森罗殿[①]"。

站在大殿前的一群小鬼一看见杜子春,就把他圈起来,强行带到了台阶前。台阶上有一位大王,头戴金冠身披黑袍,庄严地看向这边。这就是传

[①] 森罗殿:主管地狱的阎罗王住的宝殿。

说中的阎罗王吧。杜子春一边想着该怎么办,一边战战兢兢地朝阎罗王跪下来。

"说,你为什么坐在峨眉山上?"

阎罗王如雷一般的声音从台阶上传下来。杜子春刚要回答便想起了铁冠子的告诫:"绝对不要出声。"因此他低着头,像哑巴一样沉默着。

于是阎罗王拿起铁笏(hù)①,竖起胡子,盛气凌人地叱(chì)骂道:"你以为这是什么地方?赶紧回答便放过你,否则让你尝尝地狱刑罚的滋味。"

但是杜子春连嘴唇都没动一下。阎罗王见状,怒气冲冲地对众鬼说了一些话,众鬼立刻遵命,迅速提起杜子春,飞到了森罗殿的上空。

漆黑的天空下,除了众所皆知的剑山血池,还有焦热的狱火焰谷和极寒的地狱冰海。众鬼将杜子春轮流扔进这些地方。可怜的杜子春无休止地遭受着地狱里各种残酷的刑罚,但依然坚强地忍耐着,咬紧牙关没有说一个字。

这下,连鬼都惊呆了,他们再一次飞上漆黑的天空,回到了森罗殿前。众鬼像刚才一样把杜子春带到台阶下,异口同声地对大殿之上的阎罗王禀报道:"这个罪人无论如何都不开口。"

阎罗王蹙(cù)着眉,不知如何是好。突然,阎罗王像想起什么似的,对一只小鬼说道:"这个男人的父母应该坠入了畜生道,你马上把他们带

---

① 铁笏:古代朝臣手里拿着的用来记事的狭长板子。

过来。"

鬼驾着风飞向地狱的天空，不一会儿，便又像流星一样驱赶着两匹马，落回到森罗殿前。

杜子春刚一看到这两匹马就惊呆了，因为它们的外形虽然是瘦弱的马，但是它们的脸，杜子春做梦也不会忘记，正是他已经去世了的父母的脸。

"快说你为什么坐在峨眉山上，若不立即坦白，这次就让你的父母受罪。"

杜子春即便被如此恐吓，也没有回答。

"不孝之子！即便父母受苦，只要你自己没事就行，是吗？"阎罗王的怒吼声，差点儿把森罗殿都震塌了。

"小鬼们，给我打那两头牲畜，打到粉身碎骨。"

众鬼齐声应道"遵命"，便抡起铁鞭，无情地从四面八方挥向两匹马。挥动的铁鞭发出"嗖嗖"的声响，如雨点般密集地打在两匹马的身上，抽得它们皮开肉绽。

而马——变成了牲口的杜子春的父母，痛苦地扭动着身体，眼里噙着血泪，撕心裂肺地叫着。

"怎么，你还不说吗？"

阎罗王命令众鬼暂时停止抽打，再一次逼问杜子春。此时，那两匹马已经被打得血肉模糊，奄奄一息地趴在台阶前。

杜子春想着铁冠子的话，抱着必死的决心，紧紧闭上了双眼。

就在这时，他的耳边传来了勉强可以听得见的微弱声音："不要担心我们。只要你幸福，我们怎么样都无所谓。所以无论大王问什么，你不想说就不要说。"

那确实是令人怀念的母亲的声音。杜子春下意识地睁开双眼，正好看到一匹马虚弱地躺在地上，悲伤地看着他。

母亲即便这般痛苦，仍牵挂着儿子，对众鬼的鞭笞（chī）①毫无怨言。与那些有钱的时候阿谀（yú）奉承②，没钱的时候形同陌路的世人相比，这是多么难能可贵的情义啊！

杜子春忘记了老翁的告诫，连滚带爬地来到母亲身边，双手抱住马颈，稀里哗啦地流着眼泪，喊了一声："妈。"

六

杜子春回过神，发现自己仍然沐浴着夕阳，木然地站在洛阳城的西门下。泛着晚霞的天空，皎洁的月牙，络绎不绝的人潮和车流，一切都和去峨眉山之前一模一样。

---

① 鞭笞：用鞭子抽打。
② 阿谀奉承：竭力拍马屁、讨好别人。

"如何？就算成为我的弟子，也无法成为仙人。"独眼老翁嘴角带着笑意说道。

"没关系。虽然我成不了仙人，但我反而感到高兴。"杜子春的眼睛仍然湿润着，他握了握老翁的手，"就算我能成仙，但在地狱的森罗殿前看到受鞭打的父母，还是不能保持沉默。"

"如果你仍然沉默，"铁冠子突然严肃起来，盯着杜子春说，"如果你仍然沉默，我会当即处死你。你现在已经不想成仙了，应该也不想再成为富豪，那么你以后打算成为什么人呢？"

"不管成为什么人，总之要成为一个正直的人，脚踏实地地活着。"

杜子春的声音中饱含着从未有过的开心。

"不要忘记你说过的话。既然如此，我们后会无期了。"铁冠子说着，迈开了步伐，但他又突然停了下来，转身愉悦地对杜子春补充道，"喂，幸好我想起来，我在泰山南面的山脚下有一所房子，我把那里的田地和房子送给你了，你快去住吧。现在这个季节，房子周围应该正好开满了桃花呢。"

 **火神阿耆(qí)尼**

一

故事发生在中国上海的某条街道上。这里有一栋即使白天也不亮堂的房子。在房子二楼的某个房间里,一位长相丑陋的印度老妇人和一位商人模样的美国人正在交谈。

"这次我来,也是为了找您占卜。"

美国人说罢,点燃一支烟。

"占卜?我现在不干这个了。"老妇人目光锐利地看向对方,"最近占卜完连'谢谢'都不说的人越来越多了呢。"

"当然要致谢。"美国人毫不吝啬(lìnsè)地将一张三百美金的支票扔到老妇人面前,"这些钱您先拿着。如果您的占卜应验了,到时我还会再次致谢的。"

老妇人看到三百美金的支票后,突然热情起来。

"这么多钱,怪不好意思呢。那么,您这次想占卜什么事情呢?"

"我想知道,"美国人叼着烟卷,狡猾地笑着说道,"美日战争到底何时打响。只要能知道准确的时间,我们商人就可以在短时间内谋取巨额利润了。"

"那您明天过来吧,在那之前我会占卜完的。"

"好的,一定要准确无误。"

印度老妇人骄傲地挺起胸膛说:"我占卜了五十年,从未失误过。因为占卜结果是火神阿耆尼亲口告诉我的。"

美国人走后,老妇人来到隔壁的房间前,呼唤道:"惠莲,惠莲。"

应声出来的是一位长得像中国人的美丽女子,下颌(hé)较宽。不知道是不是劳累过度,她脸色蜡黄。

"你在磨蹭什么?真是厚脸皮的女人,肯定又在厨房睡觉或者干什么呢吧?"

惠莲无论怎么被骂,始终低着头不说话。

"你听好了,时隔这么久,今晚我要再次向火神询问事情。就这么决定了。"

女子抬头看向黑皮肤的老妇人,眼里满是悲伤。

"今晚吗?"

"今晚十二点,记住了吗?不要忘记了。"老妇人抬起手,指着她威胁道,"你再像之前那样只会给我添麻烦的话,这次你就没命了。我要是想杀死你,比掐死一只小鸡还……"

老妇人说到一半,突然皱起眉来。因为,她突然发现惠莲不知何时已经走到了窗边,正透过明亮的玻璃窗向外眺望着寂静的街道。

"你在看什么呢?"

惠莲脸色更差了,她再一次抬头看向老妇人。

"好啊,好啊,你竟然敢糊弄我,看来你受的罪还不够。"

老妇人满眼怒火,她举起了旁边的扫帚……

就在这时,外面突然响起了急促的敲门声,好像有人来了。

二

那天差不多在同一时间,一个年轻的日本人也从这栋楼前经过。当他透过二楼的窗户看到一个酷似中国人的女子时,整个人仿佛受到了惊吓,一动不动地呆立在那儿。

就在这时,一位上了岁数的中国人力车夫从这儿经过。

"喂，喂，你知道住在那边二楼上的是什么人吗？"日本人突然叫住车夫问道。

车夫握着车把，抬头向二楼望去，他似乎有些害怕地说道："你说那儿吗？那儿住着一个不知道叫什么名字的印度老婆婆。"车夫说完就急匆匆地要走。

"等、等一下。那个老婆婆是干什么的？"

"她是一个占卜师。但是听附近的人说，她什么都会，甚至还会魔法。总之，你要是惜命的话，最好不要去老婆婆那儿。"

车夫离开后，日本人抱起胳膊好像在思考什么，最终他下定决心，大步向老妇人的家里走去。

突然，他听到了老妇人的叱骂声，中间还穿插着女子的哭泣声。于是，他赶忙三步并两步地冲上了昏暗的楼梯，使劲敲打老妇人的房门。

房门很快就打开了，但是日本人进屋后却只看到印度老妇人一个人，他甚至连其他女子的影子都没看到。会不会是被藏到其他房间去了呢？

"请问你有什么事吗？"

眼前的人似乎非常可疑，老妇人死死地盯着他的脸。

"你不是占卜师吗？"

日本人抱着胳膊，同样盯着老妇人的脸。

"是的，我是。"

"既然如此，不用我说你也应该知道我是来干什么的吧？我来这儿当然也是为了找你占卜的。"

"你想占卜什么？"

老妇人好像更怀疑他了，打量着他的一举一动。

"去年春天，我家老爷的女儿失踪了，所以我想占卜一下。"日本人一句一句用力地说道，"我家老爷是日本派驻香港的领事，女儿叫妙子。我是一名学生，叫远藤。怎么样，知道我家小姐在哪儿吗？"

远藤一边说一边从上衣外套的口袋里掏出一把手枪。

"是不是就在这附近呢？根据香港警方的调查，小姐好像是被印度人掳（lǔ）走的。说谎可对你一点儿好处都没有。"

可是印度老妇人看起来一点儿都不害怕。不仅不害怕，她反而露出了轻蔑的微笑。

"你在说什么呢？我可从没见过你口中的女子。"

"你说谎。刚才从这里的窗户向外望的肯定是妙子小姐。"远藤一只手握着手枪，另一只手指向旁边房间的窗户，"你还嘴硬的话，就把那个长得像中国人的女子带过来给我看看。"

"那是我的养女。"老妇人还是讥讽般轻蔑地笑着。

"是不是养女我一看便知。你若不带过来，我就过去看。"

远藤刚要迈进旁边的房间，印度老妇人便立即挡在了门口。

"这是我的家。怎么可以让你一个陌生人随便乱闯。"

"让开。不让开我就开枪了。"

远藤刚要举起手枪,老妇人就发出了像乌鸦一样的叫声。远藤仿佛被电击了一样,手枪从他手里滑落到了地面上。或许是受到惊吓的缘故,好不容易鼓起勇气的远藤一脸不解地看了看四周。

很快,他又一次鼓起勇气。

"老巫婆!"远藤骂道,并像老虎一样扑向老妇人。

老妇人像猴子一样灵活,面对朝她扑来的远藤,她轻轻一闪,拿起旁边的扫帚,将地板上的灰尘猛地扫向了远藤。此时,这些灰尘都变成了火花,朝远藤的脸上飞去,噼里啪啦地灼烧着他的眼睛和嘴巴。

远藤最后还是抵挡不住火花形成的旋风,狼狈地逃了出去。

三

当天夜里快十二点的时候，远藤独自站在老妇人居住的房子前，不甘心地望着二楼玻璃窗上映出的灯火。

"好不容易找到小姐的下落，却不能将她带回来，真是太遗憾了！要怎么办呢？对这个会魔法的占卜师用枪是没有任何用处的……"

远藤正在绞尽脑汁思考对策，突然，从二楼的窗口飘出了一张纸条。

"呀！是纸条。难道是小姐在传话？"

远藤嘟囔着，捡起纸条，悄悄拿出怀里的手电筒，用手电筒射出的圆形光亮照着看。果然，纸条上有很浅的铅笔字，是妙子小姐写的准没错。

远藤，这家的老奶奶恐怕是一位魔法师，有时会让印度的火神阿耆尼降临到我身上。那位神明占用我的身体时，我感觉自己仿佛死了一般，所以并不知道其间发生了什么。但是老奶奶说，阿耆尼借用我的嘴，进行了各种预言。今晚十二点老奶奶会再次召唤火神阿耆尼。平时我不知不觉就失去了神志，今晚我准备趁神志还清醒时假装已被附身，然后告诉老奶奶把我送回父亲身边，否则阿耆尼神会要了她的命。因为老奶奶最害怕阿耆尼神了，所以我想，她听了这话一定会把我送回去的。所以明早请你务必再来一次这里。除此之外，没有其他办法能让我逃离她的魔掌了。再见！

远藤读完纸条掏出怀表一看，还有五分钟就到十二点了。

"马上就到时间了。对方是魔法师,而小姐还是一个孩子,如果运气不好……"

远藤还没说完,魔法就好像已经开始了。二楼一直亮着的窗户突然暗了。与此同时,不知从哪里飘来一阵不可思议的香气,仿佛能渗透铺路石一般,静静地弥散着。

四

这时,在已经关掉灯的二楼房间里的桌子前,那位印度老妇人翻开了魔法书,开始不停地咏唱着咒语。即便如此黑暗,在香炉微微的火光中,魔法书上的文字仍清晰可见。

老妇人面前坐着的是惠莲。不,应该说是妙子。刚刚从窗户扔下去的纸条,有没有安全到达远藤手里?那时在大街上的人影,应该是远藤,但会不会认错人了?妙子越想越坐立不安。但是现在不能多想,否则从这个可怕的魔法师家里逃跑的计划会被老奶奶一眼识破。因此,妙子努力将颤抖的双手叠在一起,像设想好的那样,计算着何时伪装成阿耆尼神降临的那一刻。现在吗?现在吗……

老妇人念完咒语,开始围着妙子做各种手势。有时站在妙子前面举起双手,有时来到后面,像要蒙住她的眼睛似的,轻轻把手放在她的额头上。如果这时有人从房间外面看到老妇人的模样,一定会以为那是一只巨大的蝙蝠在香炉苍白的火光中飞舞吧。

就在老妇人做这些动作的时候,妙子又开始犯困了。可是,如果现在睡着了,好不容易制订的计划就无法实现了。如果计划失败,就再也没有机会回到父亲身边了。

"日本的神明们啊,请无论如何保佑我不要睡着。只要我能再一次,哪怕只看一眼我的父亲,就算立刻死掉我也愿意。日本的神明们啊,请赐予我骗过老奶奶的力量。"

妙子不停地在心中默默祈祷,但是睡意却越来越浓。这时,妙子开始听到一种有点儿像铜锣、无法分辨的音乐声,这是每次阿耆尼神降临时她都会听到的声音。

已经到了这个阶段,无论她怎么抵抗也无法阻挡睡意。眼前香炉里的火光,还有印度老妇人的样子,一切都像是一场噩梦,越来越远,逐渐消失了。

"火神阿耆尼,火神阿耆尼。请您听听我的请求。"

占卜师五体投地趴在地板上,声音沙哑地说道。而此时的妙子,已经坐在椅子上睡得不省人事了。

五

当然,妙子和老妇人都没有想到,有人会看到这个施法的场景。房间外,有一个男人正在通过钥匙孔偷窥。这究竟是谁呢?不用我说大家也知道,是学生远藤。

远藤看到妙子的纸条,曾想在马路上等到天明,但是一想到小姐的处境,他便待不住了。所以最后,他像个贼似的偷偷潜入这栋房子,迅速来到二楼房间门口,一直窥视着。

但因为是从锁眼窥视,所以他只看见了妙子的脸。她的脸在香炉苍白的火光中,如死人一般。除此之外,桌子、魔法书,还有趴在地板上的老妇人,他通通看不见。但是老妇人沙哑的声音,他却听得一清二楚。

"火神阿耆尼,火神阿耆尼,请您听听我的请求。"

老妇人话音刚落,坐在椅子上闭着眼睛的妙子就开始说话了,而且,她的声音听起来一点儿也不像少女的声音,而像粗犷(guǎng)的男声。

"不,我不听你的请求。你违背我的命令,做尽坏事。今夜之后我不会再听从你的召唤,不,不仅这样,我还要惩罚你。"

也许老妇人吓坏了吧,她好一会儿没说话,只能发出喘息声。但是妙子不管老妇人,继续生气地说道:"你从一位可怜的父亲那里偷来了这个女孩儿。如果你还想活命,不要等到明天,现在就把她送回去。"

远藤通过锁眼偷窥着，等待着老妇人的答复。

没想到老妇人并没有惊讶，而是发出令人讨厌的笑声，同时冲到妙子面前。

"戏弄人也得把握好分寸。你以为我是什么人？我还没老到能上你的当！快点儿把你还给你父亲？火神阿耆尼又不是警察，才不会说这种话。"

老妇人不知从哪掏出一把刀，朝闭着眼睛的妙子脸上捅去。

"好了，从实招来。你是不是在模仿火神阿耆尼的声音？"

即便从刚才开始就一直在偷窥，远藤也不会知道实际上妙子已经睡着了。所以远藤看到这一幕，以为是计划败露了，不由得紧张起来。但是妙子眼皮都没动一下，嘲笑道："看来你的死期将至。我的声音在你听来像是人类的声音吗？就算我声音不大，那也是天火之音，这一点你不知道吗？不知道就算了，你只要回答我，是立即将这个女孩儿送回去，还是违背我的命令！"

老妇人似乎有瞬间的犹豫，但立即鼓起勇气，一只手握着小刀，另一只手抓住妙子后脑勺的头发，将她带向自己："你这个丫头，还装！很好，很好，那就如你所愿，我要了你的小命！"

老妇人举起了刀子。眼看妙子危在旦夕，千钧一发之际，远藤立即起身，开始砸门。但是门很结实，不论他怎样砸，都只是自己受伤而已。

六

这时,黑暗的房间中,有人叫了一声。接着传来了人倒在地上的声音。远藤发疯似的呼唤着妙子的名字,他把全身的力气都集中在肩膀上,不停地撞向房门。

随着木板碎裂、门锁弹飞的声音响起,门终于被撞开了。但远藤发现,房间里香炉中苍白的火焰还在燃烧,四周一片寂静,感觉不到一丁点儿

人气。

远藤借着光,提心吊胆地环视着四周。

当他看到妙子像死人一样瘫倒在椅子上时,不知为何,竟突然感觉自己责任深重,仿佛头顶上出现了一道光环,庄严而肃穆。

"小姐,小姐。"

远藤来到椅子前,拼命地在妙子耳旁大声喊。但是妙子仍然闭着双眼,没有回应。

"小姐,坚持住啊,我是远藤。"

妙子终于如梦初醒般微微睁开了眼睛。

"远藤?"

"是我,远藤。已经没事了,放心吧。快,我们赶紧逃走吧。"

妙子好像还没有完全清醒,虚弱地说道:"不知不觉我就睡着了,计划失败了,请你原谅我。"

"计划失败不是你的错。这已经不重要了,你不是已经按照计划假装被火神阿耆尼附身了吗?我们赶快离开这吧。"

远藤迫不及待地抱起椅子上的妙子。

"你骗人。我睡过去了,不知道自己说过什么。"妙子靠在远藤的胸膛上,喃喃地说道,"计划失败了,我逃不掉了。"

"才没有这回事,有我在呢,再不走就来不及了。"

"可是老奶奶还在呢。"

"老奶奶?"

远藤再一次环顾四周。桌子上的魔法书还打开着,而桌子下面躺着的,正是那位印度老妇人。老妇人误将小刀插进自己的胸膛,死在了血泊中。

"老奶奶怎么了?"

"死了。"

妙子蹙起美丽的眉毛,抬头问道:"我一点儿印象都没有。老奶奶是你杀的吗?"

远藤的目光从老妇人的身上回到妙子的脸上。虽然今晚的计划失败了,但老妇人丧了命,妙子也平安归来。这一刹那,远藤忽然认识到命运的力量有多么不可思议。

"不是我杀的,杀死那个老太婆的是今夜降临的火神阿耆尼。"远藤抱着妙子,凝重地小声说道。

三个宝物

一

森林中，三个盗贼正在争抢宝物。一个宝物是一跃千里的千里飞长靴，一个宝物是披上就能隐形的斗篷，还有一个宝物是削铁如泥的宝剑，只是它们看起来都十分陈旧。

第一个盗贼说："把斗篷给我。"

第二个盗贼说："你别说废话。把宝剑给我。嘿，你偷了我的长靴。"

第三个盗贼说："这长靴本来就是我的，是你偷了我的东西。"

第一个盗贼说："不错不错，这个斗篷是我的了。"

第二个盗贼说："可恶！才不会交给你。"

"你竟然敢打我！"第一个盗贼气汹汹地说，"嘿，你又偷我的宝剑！"

第三个盗贼也不甘示弱："你说什么？你这个偷斗篷的贼！"

三个人就这样你一句我一句，互不相让地争吵起来。这时，一位骑着马的王子刚好经过森林中的这条路。

"喂喂，你们在干什么呢？"王子边说边从马上下来。

第一个盗贼说："这个坏蛋偷了我的宝剑，还要我交出斗篷。"

"不，他才是坏蛋，"第三个盗贼急忙解释说，"他偷了我的斗篷。"

第二个盗贼听了后说："不，他们两个都是强盗。这些东西都是我的。"

"骗子！"第一个盗贼说。

"吹牛！"第二个盗贼说。

眼看三个人又要吵起来，王子赶紧上前解围："等一下，等一下。不就是老旧的斗篷和破洞的长靴嘛，谁拿走不一样呀？"

第二个盗贼说："那不一样，这可是一件披上就能消失不见的隐形斗篷。"

"我的可是一把无论什么东西都能砍断的宝剑呢。"第一个盗贼说。

第三个盗贼说："只要穿上我手中的这双长靴，就可以一跃千里。"

"原来如此。"王子好像听明白似的说道，"这么说来，确实是值得为

之争吵的宝物，但是，不要贪婪（lán），一人拿一个就好了呀。"

第二个盗贼说："如果那样的话，我的首级不知何时就会被那把剑砍下来。"

第一个盗贼说："不，比这更糟糕的是，如果有人穿上那件斗篷，我都不知道自己丢了什么东西。"

第二个盗贼补充道："还有，不管偷了什么东西，只要我不穿上那双长靴，就没办法自由自在地逃跑。"

王子听后，说："这么说有点儿道理呢。我出个主意，把三件宝物全部卖给我如何？这样你们就都不必担心了。"

第一个盗贼对其他两个盗贼说："如何？卖给这位殿下怎么样？"

第三个盗贼表示同意："确实，这样做也不错。"

"还是要看给的价钱合不合适。"第二个盗贼有些不情愿地说。

"价钱嘛……"王子思考了片刻，"这样吧，用我这件绣着花边的红色斗篷来换那件老旧的斗篷。然后，用我这双镶嵌着宝石的靴子换那双长靴，最后用我这把黄金制成的宝剑换那把剑，你们也不亏本。怎么样，这个价钱可以吗？"

第二个盗贼说："我愿意用这个斗篷换你的斗篷。"

第一个盗贼和第三个盗贼异口同声地说："我们也没有异议。"

王子十分高兴："好的，那么就交换吧。"

王子交换到了斗篷、宝剑和长靴后，又跨上马背，准备继续前进。临走前，他向三个盗贼询问道："前面有住宿的地方吗？"

第一个盗贼回答："走出森林后有一家叫'黄金角笛'的旅店。祝您一路顺风，再见。"

"好的，那么再见了。"说完，王子就带着那三件宝物骑马离开了。

"这笔买卖真不错。"第三个盗贼窃喜道，"没想到我用那双破长靴换到了这么好的靴子。看啊，卡扣上还镶着钻石呢。"

第二个盗贼也很得意："我这件斗篷也很棒呀。像这样披在身上，我看起来像不像一位王子？"

"这把剑也了不得，剑柄和剑鞘都是黄金的呢。"第一个盗贼说，"这个人这么好骗，难不成是个傻子？"

第二个盗贼连忙说："嘘！隔墙有耳。那个人好像还没走远呢。咱们到哪里喝一杯吧！"

三个盗贼讥笑着，朝和王子相反的方向走去。

二

"黄金角笛"旅店的酒吧角落里，王子正在吃面包。除了王子以外，店里还有其他七八位客人，好像都是附近村子里的农夫。

店主随口说了一句："公主终于要举行婚礼了。"

第一位农夫便附和道："我也听说了。驸（fù）马好像是黑人国王？"

第二位农夫也加入了这个话题："但是我听说公主特别讨厌那个国王。"

第一位农夫接着说："不喜欢可以不嫁呀。"

"但是黑人国王拥有三件宝物。"店主说道，"第一件宝物是能飞千里的长靴，第二件宝物是削铁如泥的宝剑，第三件宝物是能隐形的斗篷。他说会奉上这三件宝物，所以咱们贪婪的国王才答应把公主嫁给他的。"

第二位农夫叹了口气："可怜的公主。"

"就没有人能帮帮公主吗？"第一位农夫满怀期待地询问。

店主遗憾地说："是呀，好多国家的王子都想帮忙，但是又敌不过黑人国王，只能干着急。"

第二位农夫稍显气愤地说："而且贪婪的国王还找来了龙当看守，防止有人偷走公主。"

"什么龙？是军队吧。"店主说。

"我要是会魔法，我一定第一个前去营救公主。"第一位农夫说道。

店主打趣地说："当然了。我要是会魔法，也轮不到你。"

大家听后都不约而同地哈哈大笑起来。

这时，王子突然从人群中蹦出来说："不必担心！我来拯救公主。"

众人一脸吃惊的样子，怀疑地问："你？"

"是的。"王子抱起胳膊看向大家，"不管是黑人国王还是什么人，尽管放马过来，我动动手指就能打败他。"

店主担心道："但是那个黑人国王好像有三件宝物。第一件是千里飞长靴，第二件是……"

还没等店主说完，王子就迫不及待地说："削铁如泥的宝剑？那种东西我也有。看我的长靴，看我的宝剑，看我这古老的斗篷，这些都是和黑人国王一模一样的宝物。"

众人再次一副吃惊的样子："你那靴子？你那宝剑？你那斗篷？"

"但是你的长靴上……"店主有点儿怀疑地说，"是不是还有破洞呢？"

"是有破洞。但是，就算有破洞，也能一跃千里。"王子信心十足。

"真的吗？"店主还是不太相信王子的这三件宝物。

"也许你认为是骗人的，好吧，飞给你们看看。把门打开，注意了，我一跳你们就看不见我了。"

"在您起飞之前麻烦先把账结了。"店主说。

"我去去就来，顺便带点儿土特产回来。你想要意大利的石榴、西班牙的甜瓜，还是更遥远的阿拉伯的无花果？"王子的口吻异常坚定。

店主显得有些不耐烦了："什么都行，你先飞给我们看看吧。"

"那我飞了。一、二、三！"王子作势一跃，但是还没"飞"到门口，就"扑通"一声，一屁股摔倒在地上。

大家大笑起来。

"我就知道是这样。"店主说。

第一位农夫说："别说千里了，三四米都没有。"

第二位农夫戏谑（xuè）①地说："可能已经飞完了。第一次飞到千里之外，第二次又飞回到原地了呢。"

"别说傻话了，怎么可能？"第一位农夫肯定地说。

众人一起大笑着。王子无精打采地站起来，向酒吧外面走去。

"喂喂，请把账结了。"店主急忙叫住王子。

王子默默地扔出金币。

"土特产呢？"第二位农夫打趣地说。

"你说什么？"王子手握住剑柄生气道。

"没，没说什么。"农夫一边后退一边自言自语，"没准那把剑真能砍断脑袋。"

店主试图安慰王子说："你还年轻，先回到你父亲的国土去吧。就算你再热血亢奋，也赢不了黑人国王。总之，做人要有自知之明，懂得深思熟虑才是王道。"

---

① 戏谑：用逗趣的话开玩笑。

众人附和道:"是啊,是啊。我们不会害你的。"

"我曾以为自己无所不能,"王子突然落泪,捂住脸说,"我在你们面前好丢人,啊!我好想原地消失。"

"你穿上那件斗篷试试,没准真能消失呢。"第一位农夫不识趣地说。

"可恶!"王子气得捶胸顿足,咬牙切齿,"好,你们尽管嘲笑我吧。我一定从黑人国王手里救出可怜的公主给你们看。就算长靴飞不了千里,我还有剑,还有斗篷。不,就算赤手空拳也要救给你们看!到那时你们可别后悔!"

说完,王子就像发了疯似的跑出了酒吧。

"这可如何是好,千万别被黑人国王杀了呀……"店主担心地说。

三

皇宫的花园里,喷泉在玫瑰花丛中喷涌着。一开始这里没有人。过了一会儿,王子披着斗篷出现了。

"穿上这件斗篷后,我似乎真的隐身了。"王子高兴地说,"从城门一路走来,我遇到了官兵也遇到了侍女,但是谁都没有上前盘问。只要穿着这件斗篷,我就能像这拂过玫瑰的风一样,进到公主的房间了吧。

咦?从那边过来的不正是传说中的公主吗?我得先找地方藏起来。啊,我并不需要藏起来,就算我站在这儿,公主应该也看不见我。"

此刻,公主缓步来到喷泉旁,悲伤地叹了口气。

"我是何其不幸啊,再有不到一周的时间,我就要被那个讨厌的黑人国王带到非洲去了,那个有狮子和鳄鱼的非洲……"公主悲伤地说,"我想永远待在这座城市里,在这玫瑰花丛中听喷泉的声音……"

王子看到公主后不由得发出感叹:"多么美丽的公主啊,我就算拼上性命,也要救她。"

"你是谁?"公主吃惊地看着王子。

"糟糕!都怪我发出了声音!"王子自言自语道。

"发出了声音?"公主反问道,"你是疯子吗?长得倒是很可爱……"

"长得?"王子惊讶地说:"你能看到我的脸吗?"

"能看到呀。你在想什么呢?"

"你也能看到这件斗篷吗?"

"能看到,是件非常旧的斗篷对吗?"公主回答道。

"你应该看不到我才对。"王子有些失望。

公主一脸惊讶地说:"为什么?"

"因为这是一件披上就能隐身的斗篷。"

"能使人隐身的不是黑人国王的斗篷吗?"

"不,这件也能。"

"但是你并没有隐身呀。"

"遇到官兵和侍女的时候确实隐身了的,因为谁都没有上前盘问我。"

"那是自然。"公主笑出声,"穿着这样陈旧的斗篷,是被当成下人了吧?"

"下人!"王子失望地坐下来说,"果然和这长靴一样。"

"长靴又怎么了?"

"这也是能飞千里的长靴。"

"和黑人国王的一样吗?"

"是的,只是之前试飞的时候,只能飞三四米。你看,还有这把剑。这把剑应该可以削铁如泥的……"

"你可以用这把剑随便砍什么试试吗?"

"不,在用它斩断黑人国王的首级前,我不打算用它砍任何东西。"

"哎呀,你是来和黑人国王比武的?"

"不,我不是来比武的,我是来救你的。"

"真的吗?"

"真的。"

"啊,我真高兴!"

就在公主为有人救她而感到高兴时,黑人国王突然出现了,把王子和公主吓了一跳。

"你好。"黑人国王微笑着说,"我刚刚从非洲飞到这里。我的长靴的魔力如何呀?"

公主冷淡地回答:"请您再飞回非洲去吧。"

"不,我今天想和你好好聊聊天。"黑人国王看到王子后又问,"这个下人是谁?"

"下人?"王子生气地站起来,"我是一位王子,是来帮助公主的王子!只要有我在,你就别想动公主一根手指头。"

黑人国王故意提醒说:"我有三件宝物,你知道吗?"

"宝剑、长靴和斗篷吗?的确,我的长靴连一百米都飞不了,但是只要和公主在一起,即使穿着这双长靴,走一千里、两千里也不在话下。再看这件斗篷,因为我穿着这件斗篷,所以大家都把我当作下人,但是我却因此才能来到公主面前。这件斗篷至少隐藏住了我的王子身份。"

黑人国王嘲笑着说:"不要得意!让你见识一下我的斗篷的厉害。"

穿上斗篷的黑人国王,立刻消失了。

公主拍着手说:"终于消失了。他一消失,我就忍不住高兴。"

"这么说那件斗篷的用处还是挺大的,为我们做了一件我们一直想做的事情。"王子的言语中透露出羡慕之情。

突然,黑人国王再次出现。

"是啊,做了你们一直想做的。这件斗篷对我来说一点儿用都没有。"

说完,黑人国王扔了斗篷,瞪向王子,"不过我还有剑。想夺走我的幸福,那就堂堂正正地和我一较高下吧!我的剑削铁如泥,削你的脑袋更不在话下。"

说完,他拔出宝剑要与王子比试。

公主立刻站起来挡在王子前面:"既然是削铁如泥的宝剑,也能刺穿我的胸膛吧?来吧,刺一下试试!"

黑人国王连连后退:"不,我不能伤害你。"

公主嘲笑道:"怎么,连我的胸膛都刺穿不了吗?不是说削铁如泥吗?"

"等一下。"王子上前阻止公主,"他说得很对。

他的敌人是我，所以我必须堂堂正正地和他决一胜负。"

"来吧，决一胜负吧。"王子拔出了剑。

"虽然年纪轻轻的，却是一个值得钦佩的男人。听好了，被我的剑伤到，你就没命了。"

国王和王子的剑撞在一起，不一会儿，黑人国王的剑就像削手杖一样砍断了王子的剑。

"怎么样？"黑人国王问。

"我的剑确实被砍断了，但是我，依旧站在你的面前笑着呢！"

黑人国王有些难以置信："怎么，你还要继续吗？"

"当然了，继续。"

"不必继续了，"黑人国王突然扔掉了剑，"你赢了。我的剑对我毫无意义。"

王子非常疑惑，吃惊地看着黑人国王："为什么？"

"为什么？"黑人国王说，"虽然我能杀了你，但这只会令公主更加讨厌我。这一点你不明白吗？"

"不，我明白，但我以为你不明白。"

黑人国王陷入了沉思："我曾以为只要拥有这三件宝物，就能得到公主，但是现在看来，我错了。"

王子把手搭在黑人国王的肩上，对他说："我也曾以为只要拥有这三件宝物，就能救出公主。看来我也是错的。"

"是啊，我们都错了。那么，我们和好吧，请宽恕我的鲁莽。"黑人国王握住了王子的手。

"也请您宽恕我的鲁莽。这样看来，我们并没有分出胜负。"

"不，是你赢了我。而我赢了我自己。"黑人国王转过头看向公主，"我回非洲了，请您放心吧。王子的剑虽不能削铁如泥，但是却瓦解了我那比铁还硬的心。我将为你们的婚礼献上这三件宝物：宝剑、长靴和斗篷。我想，只要你们拥有了这三件宝物，这世上应该就没有敌人能为难你们了。但是如果有，请通知我，无论何时，我都会率领百万骑兵，从非洲出发征讨你们的敌人。"

他看上去有些悲伤地继续说："我为了迎娶你，在非洲城市的正中心建了一座大理石宫殿，宫殿的周围开满了莲花。"说着，他又转向王子，"请你偶尔穿上长靴过来玩儿。"

"我一定会去的。"

公主将玫瑰花插在了黑人国王的胸前："我对您有愧。我做梦也没想到您是这么温柔的人，请您宽恕我。我真的很抱歉。"

公主依偎在他的胸前，像孩子一样哭了起来。

黑人国王抚摸着她的头发，说道："谢谢。经常有人对我这么说。但是，我不是恶魔，像恶魔一样的黑人国王只存在于故事中。"说完，他转向

王子，"是不是？"

王子肯定地回答道："是的，朋友！我们三个人都觉醒了。不管是恶魔一样的黑人国王，还是拥有三件宝物的王子，都只存在于故事里。既然我们已经觉醒，就无法继续住在故事中的王国里。我们在迷雾深处看到了更广阔的天地。我们一起离开这个玫瑰与喷泉的世界，前往另一个世界吧。那是一个更广阔的世界！我们并不知道在那个世界里等待我们的将是苦难还是欢愉，只知道我们要像一支勇敢的部队那样，向另一个世界前进。"

鼻子

说起禅智内供①的鼻子,池尾②无人不知无人不晓。他的鼻子有五六寸长,从嘴唇上方一直延伸到下巴底下,并且上下一样粗。换句话说,就像是一根香肠,从脸部中央摇摇晃晃地垂坠下来。

内供如今已年过五十,也由原来的小沙弥升为内道场供奉。但是,鼻子始终是他的心病。当然,他从来不表现出来。这并不是因为他觉得作为一个心无杂念的僧侣,在意鼻子是不对的,而是他不想让别人知道自己在意鼻子这件事。平常谈话时,他也最害怕有人提到"鼻子"这个词。

内供不喜欢自己鼻子的理由有两个。一个是因为鼻子太长不方便,连

---

① 内供:日本古时服务于宫中内道场的高僧。
② 池尾:地名。

吃饭都无法自己完成，如果自己吃饭，鼻尖就会碰到碗里的食物。所以内供在吃饭时会让一名弟子坐在他的对面，全程用一块二尺①长一寸宽左右的板子托着他的鼻子。但是这样吃饭，对于托着板子的弟子和被托着鼻子的内供来说，都不是一件轻松的事。有一次，一名十二三岁的童子代替这名弟子托板子，不巧打了个喷嚏，手抖了一下，内供的鼻子就掉进粥里了，当时这件事传遍了整个京都城。但是，让鼻子成为内供心结的罪魁（kuí）祸首并不是这件事。实际上，内供是因为这个鼻子让他的自尊心受到了伤害，才有心病的。

  池尾的街头巷尾流传着这样的话：幸好长着这样鼻子的人是禅智内供，不是凡夫俗子。因为他们觉得没有哪个女人愿意嫁给长着长鼻子的人。甚至还有人推测说，禅智内供就是因为长着那样的鼻子才出家的。但是内供认为，僧人的身份并没有减少这个鼻子带给自己的烦恼。与"没有妻子"这样实质性的结果相比，更让他敏感的是自尊心受到伤害。所以为了修复自尊心，无论积极的还是消极的方法，内供都试过。

  内供首先考虑的是，如何让鼻子看上去比实际长度短。没人的时候，内供会对着镜子耐心地变换各种角度观察镜中的脸部，不过，光是变换角度照镜子是无法让他满意的，所以有时候他会对着镜子用手托着腮帮子，或者用手扶着下巴。但是，始终没有一个姿势能够让他满意。有时候，他甚至觉

---

① 尺：中国市制长度单位，3尺=1米，1尺=10寸，1尺≈33.33厘米。

得，越是煞（shà）费苦心，鼻子反而看起来越长。于是，内供就会把镜子放回箱子里，叹一口气，然后快快地回到诵经桌前，继续诵读观音经。

从那以后，内供总是关注别人的鼻子。池尾寺经常举办讲经会，寺内接连不断地建了很多禅房，每天都有僧人给澡堂烧热水。因此，各种僧侣和善男信女都出入这里。内供耐心地观察每一个人的脸。他想，只要能找到和自己长着一样鼻子的人，哪怕只有一个人，他也能安心了。因此，内供的眼睛既看不到藏青色的水干①，也看不到轻薄的白色和服，更不用说橙色的帽子和灰色的法袍那些常见的东西了，就算内供看见了也和没看见一样。内供看的不是人，他眼中只有鼻子。然而，内供虽然看到了鹰钩鼻，却没看到一个和他一样的鼻子。希望落空的次数越多，内供的内心就越是不快。内供和别人说话时会不自觉地捏鼻尖，像孩子一样脸红，这是他内心不悦的表现。

最后，内供竟想在与佛法有关的内外典籍中找出一个和自己长着一样鼻子的人物来排遣心中的忧苦。但是，没有一本经文中记载过这样的人物，目连②、舍利弗③没有长鼻子，龙树④、马鸣⑤也都是长着普通鼻子的菩萨。在听中国故事时，内供偶然知道刘玄德⑥的耳朵很长，于是他想，如果刘玄德鼻

---

① 水干：日本古朝臣礼服，后逐渐成为民众的礼服。
② 目连：释迦牟尼的十大弟子之一。
③ 舍利弗：释迦牟尼的十大弟子之一。
④ 龙树：大乘佛教中观学派的创始人。
⑤ 马鸣：古印度佛教大师、诗人、剧作家。
⑥ 刘玄德：即刘备，蜀汉开国皇帝。

子很长，自己肯定能宽慰许多吧。

内供虽然会往消极的方向试探，但是也积极地尝试了各种缩短鼻子的方法，这里不必多说，总之能做的内供几乎都试过了，甚至煎王瓜①水喝，往鼻尖涂老鼠尿。但是不管怎么做，他的鼻子依旧有五六寸长，从嘴唇上方摇摇晃晃地垂坠下来。

事情在某年秋天出现了转机。上京的弟子替内供办事时，顺便向熟悉的医生求来了缩短鼻子的方法。那位医生来自中国，当时是长乐寺的供奉僧。

内供像往常一样，假装毫不在意鼻子的问题，故意没有立即尝试那个方法。但是一到吃饭的时间，内供又故意用若无其事的口吻说给弟子添麻烦了，于心不安之类的话。内供实际上是在等弟子劝说自己去尝试这个方法，而弟子也不可能不知道内供的意图。只是比起反感，弟子大概更同情内供使用这种策略的心情吧，所以便如内供预料的那样，非常积极地劝说内供尝试这个方法。于是，内供便按照计划，听从了弟子热情的劝告。

而这个方法，只是先用热水烫鼻子，再让人踩鼻子，仅此而已。

寺里的澡堂每天都烧热水，所以弟子很快就拎着一提桶热水从澡堂回来了。水很烫，手指都不敢放进去。如果直接把鼻子放进提桶，恐怕水蒸气会把脸烫伤。所以他们便在木质托盘上打了一个洞，用来当提桶的盖子，再把鼻子从洞口放进热水里。唯独这个鼻子浸在热水里丝毫不觉得热。

---

① 王瓜：一种葫芦科植物。

过了一会儿,弟子问:"烫的时间差不多了吧?"

内供苦笑。因为他想,如果光听到这句话,谁也不会联想到是在说鼻子。内供的鼻子被热水闷得像有跳蚤在上面咬一样,瘙痒难耐。

内供把鼻子从托盘上的洞里抽出来,然后躺下,把还在冒着热气的鼻子伸出去贴在地板上,弟子便开始用双脚使劲踩他的鼻子。内供看着弟子的脚在自己眼前上下移动。

时不时,弟子会俯视着内供的光头,于心不忍地问:"疼吗?医生说要使劲踩,但是会不会疼啊?"

内供想摇头表示不疼,但是因为鼻子被踩住,脖子动不了。于是便向上看着弟子脚上皲(jūn)裂①的皮肤,像生气一样回答道:"不疼。"

实际上因为鼻子很痒,所以比起疼,内供反而觉得鼻子被踩得很舒服。

踩了一会儿,有米粒一样的东西从鼻子上冒了出来。现在的鼻子就像是一只拔了毛被烤的小鸟。弟子见状停下脚,自言自语似的说:"医生说要用镊子拔掉。"

内供像是不满般地鼓着腮帮子,默不作声地任由弟子处置。当然,并不是内供不知道弟子出于一番好意,只是自己的鼻子被人像物品一样对待,心里难免不高兴。

内供就像一个患者,正在被不信任的医生做着手术。他不情愿地看着

---

① 皲裂:一般指手和脚部的皮肤由于各种原因导致的干燥和线状裂隙的一种疾病。

弟子用镊子把脂肪粒从鼻子上的毛孔里拔出。拔出来的脂肪粒形状犹如羽毛杆，大概有四厘米那么长。

大体弄完一遍后，弟子终于松了口气，说："再烫一遍应该就可以了。"

内供皱着眉头，一脸不满地按照弟子说的去做。

结果拿出烫过第二遍的鼻子一看，果然，鼻子变短了，已经和鹰钩鼻差不多了。内供摸着变短的鼻子，怯生生地照着弟子拿过来的镜子，害羞地打量着。

鼻子，那个比下巴还长的鼻子，如今像做梦一样，萎缩到了嘴唇上方。鼻子上密密麻麻地布满红斑，大概是踩踏时留下的伤痕吧。

如此一来，就不会再有人嘲笑我了。镜中的内供对着镜外的内供心满意足地眨着眼睛。

但是，鼻子变短后还不到一天，内供又开始担心鼻子会不会再次变长。因此，不管是在诵经的时候，还是在吃饭的时候，只要一有空，他就会伸手摸摸鼻尖。但是，鼻子好好地在嘴唇上方缩着，并没有要垂下来的趋势。

第二天早上，内供睁眼第一件事就是摸摸自己的鼻子。他见鼻子依然很短，终于安心了。上一次有这样的感觉，还是几年前抄写法华经积功德的时候呢。

但是，刚过了两三天，内供便发现了一个意外情况。来池尾寺办事的武士看到他后笑得比以前更严重了，连话都说不顺畅了，光盯着他的鼻子看。不仅如此，曾经失手将内供的鼻子抖进粥里的童子，在讲堂外与内供相遇时，也是先看向地面忍住笑意，后来实在忍不住了，才"扑哧"一声大笑起来；还有下级僧人，当内供吩咐他们做事时，都在认真听着，但只要内供一转身，他们就会立即偷笑起来。这种事发生过已经不是一次两次了。

一开始，内供认为这是因为自己的脸不一样了，但又总觉得这个理由不够充分。当然，童子和下级僧人笑的原因一定还是因为鼻子。但是同样是笑，和鼻子长的时候相比，总觉得哪里笑得不一样。如果说只是因为还没看习惯的短鼻子比看习惯了的长鼻子更加滑稽，也就算了，但是，他们的笑容似乎别有深意。

"以前他们不会笑得如此肆无忌惮（dàn）。"

诵经时，内供会时不时停下来，歪着光头像这样自言自语。每当这个时候，可爱的内供一定会望着挂在旁边的普贤画像出神，闷闷不乐地回想四五天前还是长鼻子时的日子，不由得感慨："现在好凄凉，好怀念以前的日子。"

很遗憾，内供不够聪明，没有解开这道谜题。

人类的内心存在两种相互矛盾的情感。当然，每个人都会同情他人的不幸，但是当不幸之人摆脱困境后，原本同情他的人又会觉得若有所失，夸张一点说，就是希望那个人回到他的不幸中去。消极一点说，就是会在不知不觉中，对那个人产生敌意。内供虽然没有找到答案，但是令他感到不快的原因，无疑是因为池尾的人，无论是僧人还是一般人，对他的态度都和那些有利己主义的旁观者一样。

于是，内供的心情越来越烦躁，对谁都恶语相向。到最后，就连那名帮他治好鼻子的弟子，都在背地里说了"内供会遭受贪吝罪的惩罚"这样的话。其中最让内供生气的，要数一个恶作剧的童子。

有一天，内供听到外面犬吠声不断，便出去查看。结果他看见童子挥舞着二尺左右长的木片追赶一条消瘦的长毛狮子狗。

童子边追边唱："看我不打你的鼻子，站住，看我不打你的鼻子！"

内供气愤地夺过童子手中的木片，使劲扇了他一个嘴巴。因为童子拿的正是以前内供用来托鼻子的木片。

内供竟然开始后悔把鼻子变短了。之后，一天夜里，大概是太阳下山时起了风，塔上的风铎（duó）①声不停地传到枕边，再加上气温骤降，内供无论如何都睡不着。于是，他躺在地板上干瞪眼。突然，他觉得鼻子异乎寻常地瘙痒，他用手一摸，发现鼻子好像有点儿水肿，并且像发烧一般滚热。

"可能因为强行把鼻子弄短，所以生病了吧？"内供像在佛前供奉香花②时那样，毕恭毕敬地把手放在鼻子上，自言自语道。

第二天早上，内供像往常一样早早就醒了。一夜之间，寺内的银杏树和橡树掉落了许多叶子，铺满庭院，像一层黄金般明亮。可能是因为塔檐上结了冰霜的缘故，在熹（xī）微的晨光中，九轮③闪闪发亮。禅智内供站在安装了格板窗的外廊里，深吸了一口气。

就在这时，内供再次感受到了一种几乎已经忘记的感觉。他急忙用手摸了摸鼻子。然而，手摸到的并不是昨晚的短鼻子，而是以前那个五六寸长，从嘴唇上方垂坠到下巴下面的长鼻子。内供意识到，一夜之间，鼻子又回到了从前的样子。不知为什么，就像鼻子变短时一样，他又高兴了起来。

内供在拂晓的秋风中摆动着长鼻子，在心里对自己说："如此一来，就不会再有人嘲笑我了。"

---

① 风铎：钟状的风铃。
② 香花：日本莽草。
③ 九轮：位于佛塔顶上的金属轮。

仙人

从前，有一个男人到大阪（bǎn）①来打工。他是一个厨子，大家都叫他权助。

权助钻过这间名叫"万能介绍所"的门帘，朝叼着烟杆的老板委托道："老板，我要成为仙人，所以请帮我找一个能成仙的地方。"

老板听后瞠（chēng）目结舌，一时间没有回话。

"老板，听到没有？我要成为仙人，请帮我找一个能成仙的地方。"

"真的很抱歉……"老板终于回过神，"吧嗒吧嗒"吸着烟，像平常一样开始说道，"我们店还从来没有接到过成为仙人这样的委托，所以请您移

---

① 大阪：日本关西地区的地名。

步去别处看看。"

于是,穿着葱绿色股引①的权助不满地向前逼近,强词夺理道:"这话不对吧?你家店门口的门帘上写的是什么?不是'万能介绍所'吗?万能就是无论什么都能介绍的意思,还是说你家门帘上写的是谎话?"

被他这么一说,老板反倒觉得权助会不高兴也是合理的。

"不,门帘上写的不是谎话,如果无论如何您都要找能成为仙人的地方,请明天再来。今天我会为您打听一下的。"

老板打算先稳住他,便接受了权助的委托。但是,去哪里工作可以成仙呢?这种事情谁能知道。因此,权助前脚刚离开,老板就去找住在附近的医生寻求帮助。他向医生讲了权助的事情,担心地问道:"怎么办呢,医生?他想成仙,我该打发他去哪儿好呢?"

医生听了也很为难,抱起胳膊,看着庭院里的松树出神。医生的老婆,一个绰号叫"古狐"的女人,听了老板的话,立即插嘴道:"让他来我们这儿吧。在我们这儿待上两三年,他保准能成仙。"

"真的吗?这可真是好消息。那就拜托了。我确实觉得医生和仙人有相似之处呢。"

不明真相的老板再次郑重地鞠躬,非常高兴地离开了。

医生苦着脸,目送老板走远后,转过头对老婆抱怨道:"你胡说八道什

---

① 股引:日本的民族传统服饰。

么?如果那个乡巴佬在这住了几年后,抱怨我们从来不传授仙术怎么办?"

但是老婆非但不承认错误,还扬起下巴轻蔑地笑着说:"你闭嘴。就你这个死心眼儿,要是没有我,恐怕在这个艰难的世上连饭都吃不上。"

到了第二天,乡巴佬权助和老板如约而至。可能考虑到这是第一次见面,所以权助今天穿了一件条纹羽织①,看起来就是个普通的老百姓。这反而让医生感到意外,他像看印度来的麝香兽②一样直勾勾地盯着权助的脸,不可置信地问道:"听说你想成为仙人。这个愿望因何而起呢?"

权助回答说:"没有什么特殊的原因,只是看到大阪的城堡后,忽然感叹就连太阁③这样伟大的人物也终有一死。由此可见,人类这种生物,不管一生多富有,都不过是黄粱一梦。"

"那么,只要能让你成仙的话,什么工作都愿意做吗?"医生狡猾的老婆随即接过话茬。

"是的,只要能成仙,我什么工作都愿意做。"

"那么,从今天开始,你在我这儿工作二十年,等到了第二十年,我一定传授你成仙的方法。"

"真的吗?感激不尽。"

"但是,这二十年我不会给你一分钱报酬的。"

---

① 羽织:日本的民族传统服饰。
② 麝香兽:产麝香的动物的总称。
③ 太阁:官称,这里应指丰臣秀吉。

"好的,好的,我知道了。"

于是,权助在医生家被使唤了二十年。打水、劈柴、做饭、打扫卫生,什么都做。此外,医生外出行医时,权助还要负责背着药箱随侍左右,而且从来没要过一分钱。如此好用的打工人,全日本绝无仅有。

一转眼,二十年过去了。这一天,权助穿着第一天来时穿的那身条纹羽织,来到雇主夫妻面前,客套地对这二十年表示感谢。

"因此,按照二十年前的约定,今天请传授给我一个成为不老不死的仙人的办法。"

医生一听这话,闭上了嘴。一分钱没给,白白使唤了人家二十年,事到如今说自己不知道成仙的办法,实在说不出口。

医生无奈,只能生硬地拒绝道:"知道成仙之术的是我的老婆,你让她教你吧。"

女主人很淡定:"既然如此,我就告诉你如何成仙吧。但是不管多难,你都要按我说的去做。否则……幸好过去二十年你不要工钱,否则你不但成不了仙,还会立即受到死亡的惩罚。"

"好的,不管多难的事情,我一定能完成。"

权助跃跃欲试地等待着老板娘的命令。

"爬到庭院里的那棵松树上去。"

女主人命令道。她根本不可能知道成仙之术,只是不想为过去的二十年

支付工钱,所以命令权助做他不可能做到的事,为难他,逼他放弃。但是权助听了她的话立即爬到了树上。

"再高一点儿,再爬高一点儿。"

女主人站在外廊边上,仰头望着松树上的权助。

权助穿着的条纹羽织已经在最高的树枝上飘动了。

"现在,放开右手。"

权助用左手紧紧抓住树干,慢慢松开右手。

"然后放开左手。"

"喂,喂。如果放开左手,那个乡巴佬会掉下来的。下面有石头,掉下来会摔死的。"

医生也来到外廊边上,表示担心。

"还没轮到你出场,这里交给我。快,松开左手。"

老板娘还没说完,权助已经毫不犹豫地松开了左手。站在树上松开双手,不可能不掉下来吧?转眼间,穿着条纹羽织的权助就脱离了松树梢,然而,离开树梢的权助并没有掉下来,而是像个提线木偶一样,在明亮的半空中神奇地站着。

"非常感谢。托您的福,我成为真正的仙人了。"

权助恭敬地行礼,然后淡定地踩着空气,越升越高,直至走进云里。

医生夫妇后来怎么样了,谁也不知道。只有他们家庭院里的那棵松树还在。听说淀(diàn)屋辰五郎①为了欣赏这棵松树的雪景,特意将这棵四人抱都抱不住的大树移到了自己的庭院里。

---

① 淀屋辰五郎:当时日本大阪的富商,富可敌国,最后被抄家,病亡。

秋山图

"说到黄大痴①,您看过大痴的《秋山图》吗?"

某个秋夜,王石谷拜访瓯(ōu)香阁,与阁主恽(yùn)南田品茶时,话赶话提出了这个问题。

"没有,没看过。您看过吗?"恽南田说完,想起了曾经见过的《沙碛(qì)图》和《富春卷》,仿佛它们在眼前浮现一般。

"怎么说呢,应该说看到了,还是说没看到呢?那是一次很奇妙的经历。"

"那到底看没看到呢?"恽南田诧异地看向王石谷,"是看到了摹(mó)

---

① 黄大痴:指黄公望,和梅道人、黄鹤山樵(qiáo)并称元朝神画手。

本吗？"

"不，也不是摹本。总而言之，确实看到了真迹，但是，不只是我一个人。烟客先生王时敏和廉州先生王鉴（jiàn）与这幅《秋山图》也都有过一段故事。"王石谷又饮了口茶，然后饱含深意地笑了，"您不嫌弃的话我就讲讲？"

"请。"恽南田拨了拨铜灯的灯芯，殷（yīn）勤地催促道。

这还是元宰先生董其昌在世时发生的事情。有一年秋天，元宰先生同烟客翁讨论画作的时候，突然问烟客翁是否看过黄一峰的《秋山图》。烟客翁在绘画上奉大痴为师，所以只要是大痴的画，无论有名无名，只要尚存人间，说他全看过也不为过。但是，这幅《秋山图》，他还真没见过。

"没有，没见过，听都没听说过。"

烟客翁回答道，莫名感觉有些丢脸。

"那么有机会的话，一定要见一次。那画比《夏山图》和《浮岚（lán）图》还要出色许多。我觉得《秋山图》恐怕是大痴老翁所有作品中最顶尖的一幅。"

"如此出众吗？那我一定要看一看。这幅画在谁手里呢？"

"在润州张家。您去金山寺附近时，可以顺道拜访一下。我给您写一封介绍信。"

烟客翁拿到元宰先生的介绍信后，便立刻起身前往润州。收藏着如此绝画的人家，除了黄一峰的真迹，一定还收藏着其他历代墨宝，此行必可大饱眼福。想到这儿，烟客翁按捺不住急迫的心情，在西园的书房里一刻也待不下去了。

但是到了润州一看，张家虽然和设想的一样大，但是却一片荒凉。爬山虎爬满墙垣（yuán）①，庭院里杂草丛生，成群的鸡鸭好奇地张望着来客。因此，烟客翁一时怀疑起元宰先生说的话是不是真的，这样的人家真的藏着大痴的名画吗？但是特地来到此处，连名字都不通报就回去，也不是他心中所期。所以，他向传话的小厮（sī）表明，自己是专门为了拜观黄一峰的《秋山图》才远道而来的，然后递上了元宰先生的介绍信。

没多久，烟客翁便被带到了客厅。客厅里整齐地摆放着紫檀桌椅，空气中飘着一股冷清的尘埃味，地砖上蔓延着荒废之气。幸好出来的主人不是坏人，只是看起来病恹（yān）恹②的。不，正是那苍白的脸色和纤巧的手势，才让他看起来像是风雅的贵族。初次见面，烟客翁和主人草草地客套了一番，随后立即提出要拜观名家黄一峰的画。烟客翁言语间透露着心急，就好像如果不立即看画，那画就会像雾一样消失了一样，有点儿着魔。

主人爽快地答应了，随即命人在客厅的空墙上挂了一幅画卷。

"这就是您要看的《秋山图》。"

烟客翁一看，情不自禁地惊叹出声来。

---

① 墙垣：墙壁、院坝。
② 病恹恹：形容久病慵懒的样子。

画以青山绿水为基调，溪水逶迤（wēiyí）[1]流淌，村落小桥散落一旁。山峰高耸，山腰处用胡粉勾勒出绵延交叠、深浅不一的悠悠秋云。画山用的是高房山式的技法，用的颜色是新雨过后的翠黛（dài）色[2]，点以朱砂，象征满山茂密的红叶，美得无以言表。但这幅画不仅是华丽而已，其布局之宏大，笔触之浑厚，无不登峰造极，其色彩鲜艳却不失空灵，古典韵味充斥着整个画卷。

烟客翁看得入了神，越看越觉得妙。

"如何？喜欢吗？"主人面带笑意，望着烟客翁的侧脸。

"极品。比起元宰先生的赞美之词，有过之而无不及。实际上，在我至今看过的诸多名作中，没有一幅能与之匹敌。"

烟客翁说着，但是眼睛从未离开过《秋山图》。

"是吗？真的这么好吗？"烟客翁不由得惊讶地看向主人。

"您为什么会质疑它呢？"

"不，并不是质疑，实际上是……"主人像少女一样不知所措地红了脸，露出一个寂寞的微笑，然后怯生生地看向墙上的画作，继续说道，"实际上，每当我看这幅画时，总感觉自己是在睁眼做梦。《秋山图》确实很美，但是，是不是只有我觉得它美，而在别人眼里，它只不过是一幅普通的

---

[1] 逶迤：形容道路、山脉、河流等蜿蜒（wānyán）曲折。
[2] 翠黛色：黑绿色。

画呢？不知道为什么，这个问题一直困扰着我。是我迷失了自己，还是那幅画真的美得超凡脱俗呢？我不知道，但又在意，所以听了你的赞美，不由得想要确认一下。"

但是，当时的烟客翁并没有把主人的辩解放在心上。并不只是因为他看《秋山图》入了神，而是在他眼里，画的主人不过是一个彻头彻尾不懂鉴赏的人，而这胡编乱造的一通话不过是想要隐瞒这点罢了。

又过了一会儿，烟客翁离开了这个如同废墟（xū）一样的张家。

但是烟客翁怎么都无法忘记那令人眼前一亮的《秋山

图》。事实上，对于继承大痴衣钵（bō）的烟客翁来说，就算抛弃一切，也想得到那幅《秋山图》吧，更何况他还是一位收藏家。虽然他家中收藏的字画里有用黄金二十镒（yì）①换来的李营丘的《山阴泛雪图》，但是比起《秋山图》的神韵来，也免不了逊色几分。所以，作为收藏家的烟客翁，极其想得到这幅黄一峰的画。

因此，烟客翁在润州期间，曾多次派人前往张家进行交涉，希望张家出让《秋山图》。但是张家无论如何也不答应。根据使者的回话，那位脸色苍白的主人说："如果那么喜欢这幅画，我很愿意借给先生，但是出让不行。还请见谅。"这话多少气到了高傲的烟客翁。"我才不借，总有一天我会把它弄到手的，走着瞧吧！"烟客翁暗暗下定决心。之后，他留下《秋山图》，离开了润州。

在那之后，大概过了一年，烟客翁前往润州时又试图拜访张家。墙垣上缠绕的爬山虎和庭院里茂盛的杂草和以前一模一样，但是传话的小厮说主人不在家。烟客翁说那就不见主人了，再让我看一眼《秋山图》吧。但是无论他如何恳求，小厮都以主人不在为由坚决不让他进门。不，到最后，小厮干脆把门一插，不再理会他。烟客翁无可奈何，只能挂念着那幅藏在这荒芜庭院某处的名画，一个人惆怅地回来了。

后来，与元宰先生再会时，先生又告诉烟客翁，张家不仅有大痴的《秋

---

① 镒：古代重量单位，一镒合二十两（一说二十四两）。

山图》,还有沈石田的《雨夜止宿图》和《自寿图》这样的名作。

"之前忘了告诉你,这两幅画与《秋山图》一样,可谓画苑奇观。我再写一封信,你一定要看看。"

烟客翁赶忙派使者前往张家。除了元宰先生的书信,使者还带上了购买名画的钱款。但是张家还是和以前一样,别的画都可以,只有黄一峰的那一幅不卖。最后,烟客翁不得不放弃了《秋山图》。

故事说到此处,王石谷停顿了一会儿,说:"这是我从烟客先生那里听来的内容。"

"这么说,只有烟客先生亲眼见过《秋山图》了?"

恽南田捋着胡子,看向王石谷,等待证实。

"先生说他见到了,但是,是不是真的见到了,没人知道。"

"但是根据你刚才说的……"

"不要着急,先听我讲完。等我讲完,也许你自然就有其他想法了。"

王石谷连茶都没再喝一口,便继续娓娓道来。

烟客翁和我讲这件事的时候,距离他第一次见《秋山图》已经有五十年光景了。那时,元宰先生已经去世,张家也已换过三任家主了,所以那幅《秋山图》如今到了谁家,或者是不是已经损坏了,我们无从知晓。烟客翁像是《秋山图》就在眼前一般赞美它的灵妙,继而又遗憾地说道:"那幅《秋山图》,有笔墨却不见笔墨,只有无法言传的神韵,直击心扉,就像公孙大娘的剑,看到了飞龙在天,却既不见人也不见剑。"

那之后又过了一个月左右，正值春风浮动之际，我准备一个人去南方旅游。告别烟客翁时，他说："正好，你去找找《秋山图》。倘若《秋山图》能再次现世，此乃画苑一大幸事。"

我也期盼《秋山图》能再次现世，因此立即劳烦烟客翁写了一封书信。但是上了路我才发现，要去游历的地方太多，很难抽空拜访润州张家。我把烟客翁的书信放在袖子里，就这样，一直到了布谷鸟啼鸣的时节，也没去寻访《秋山图》。

其间，偶然听闻《秋山图》到了贵戚①王氏手里。游历期间，我曾向人展示过烟客翁的书信，见过书信的人中也有认识王氏的。想起来，王氏也可能是从这些人口中得知《秋山图》藏在张家的吧。据坊间传闻，张氏之孙一见到王氏派去的使者，便立即献上了传家的彝（yí）鼎②、法书以及大痴的《秋山图》。因此，王氏大悦，奉张氏之孙为上宾，唤出家中歌姬（jī）奏乐，为其举办了盛大的宴会，并赠予千金。我非常兴奋。历尽沧桑五十载，《秋山图》仍然平安无事，而且得到它的人还是我见过的王氏。过去，烟客翁为了再看一次《秋山图》煞费苦心，但每次都鬼使神差地错过了。而如今，王氏不费吹灰之力便将这图海市蜃（shèn）楼③般地展现在我们面前，

---

① 贵戚：帝王本姓的亲族。
② 彝鼎：指古代宗庙里祭祀的青铜礼器。
③ 海市蜃楼：一种光学现象，是地球上的物体反射的光经过大气的折射而形成的一种自然现象，也被称作蜃景。

这只能说是缘分了。我连行李都没带,便起身前往王氏宅邸(dǐ),去看《秋山图》。

我到现在还记得很清楚,那是一个没有风的初夏午后,王家庭院里的牡丹开到了玉石栏外。我一见到王氏,还没作完揖(yī),便不由自主地笑起来:"恭喜您喜获《秋山图》。烟客先生为了这幅画费尽了心思,如今总算能安心了。光是想一想就觉得非常愉快。"

王氏满面春风地说:"今天烟客先生和廉州先生应该也会来。先到的人请先观赏吧。"王氏立即命人将《秋山图》挂在了旁边的墙壁上。

红叶村舍傍水而居,团团白云隐没了山谷。还有那远近不一,像屏风一样高耸的青色群峰。瞬间,我眼前浮现出一个由大痴老翁创造的,比天

地还要灵妙的小天地。我心跳加速，直勾勾地盯着墙上的画。

　　画里的云烟丘壑（hè），无疑是黄一峰的手笔。除了痴翁之外，没有人能在添加这么多石皴的同时，还能让墨活起来；叠加了这么多种颜色，还能不露笔触，其他人不可能做到这种程度。但是这幅《秋山图》和以前烟客翁在张家看到的那幅《秋山图》，的确又不是同一幅。比起之前的那幅《秋山图》，这幅恐怕要略逊一筹。

　　王氏和在座的各位食客都在一旁注视着我的表情。所以，我必须注意，不能露出一丝失望的神色。但是不论我多么小心翼翼，还是不由得露出了一丝不服气，于是，过了一会儿王氏担心地问道："如何？"

　　我连连回答说："神品，神品。怪不得烟客先生赞叹不已。"

　　王氏的面色略微缓和了一些，但眉宇间还是透露着对我的赞赏之词的不满。正好这时，向我宣传《秋山图》的烟客翁来了，他和王氏寒暄的时候，露出了欣慰的微笑。

　　"五十年前我看《秋山图》时，是在破落的张家，今日与之重逢，是在富贵的王家。真是意想不到的缘分。"烟客翁说着，朝墙上的画望过去。这幅《秋山图》到底是不是他曾经见过的那幅，只有他自己最清楚。因此，我和王氏一样，仔细观察着烟客翁看图画的反应。果然，他的脸色越来越差。

　　沉默半晌，王氏终于惴（zhuì）惴不安地问："如何？石谷先生刚刚大肆褒（bāo）奖了一番……"

我担心耿直的烟客翁会照实回答，心里有些忐忑。但是，烟客翁也不忍心让王氏失望吧，于是赏完《秋山图》后，恭敬地回答王氏说："您能得到这幅画，是何其幸运，必为府上的藏品增光添彩。"

但王氏听了这话后，脸色却更加阴郁了。

如果廉州先生晚来一步或者不来，恐怕当时的气氛会更尴尬。幸好先生在烟客翁词穷的时候欢快地进来了。

"这就是你说的《秋山图》吗？"

先生毫不做作地打过招呼，便看起黄一峰的画来。沉默了一会儿，先生不停地咬嘴边的胡子。

"烟客先生五十年前也曾见过此画。"王氏更加担心地补充说明道。

廉州先生还未曾听烟客翁讲过《秋山图》的妙处。

"您的评价又如何呢？"

先生吐了一口气，继续看画。

"您无须多虑……"王氏勉强笑着，再次催促先生。

"这个嘛，这个……"

廉州先生再次噤（jìn）声。

"这个？"

"这应该是痴翁的第一名作吧？看这云烟的浓淡，多么酣（hān）畅淋漓，树木的颜色也宛如天工，看那座远处的山峰，为了它，整体布局处理得

多么灵活。"一直沉默的廉州先生回头对着王氏，用非常欢喜的声音，一一列举了画中的精湛之处。至此，王氏的神情终于渐渐清朗起来。

趁廉州先生说话的工夫，我悄悄凑近烟客翁小声问道："先生，这是那幅《秋山图》吗？"

烟客翁摇了摇头，微妙地眨了下眼："一切就像做梦一样。也许当初的那位张家家主，是位狐仙之类的吧。"

"《秋山图》的故事到此为止。"王石谷说完，慢悠悠地喝了一杯茶。

"确实是一个不可思议的故事。"恽南田一直盯着铜灯的火焰。

"那之后，王氏也耐心地询问了其他人，但是提到痴翁的《秋山图》，就连张氏家的子孙也知之甚少，只是记得有此画罢了。所以烟客先生曾见过的那幅《秋山图》，如今是藏隐于某处，还是一切只不过是烟客先生的记忆错乱，这个我也不好说。更有甚者，烟客先生前往张家看《秋山图》这件事，可能全是幻觉……"

"但是，那幅神奇的《秋山图》，清晰地印在了烟客先生心中，而且你的心中也……"

"青绿的山石、朱砂的红叶，如今也历历在目。"

"如此，即便没有《秋山图》，也没有遗憾吧？"

两位大师说到这儿，一起拍手大笑了起来。

橘 子

  一个阴霾（mái）的冬日黄昏。我坐在从横须贺①发车上行的火车二等车厢中，因为坐在角落里，无人打扰，所以我便无所事事地等待着发车笛声响起。电灯已经亮了，车厢中除了我之外，罕见地空无一人。窗外，昏暗的站台上不见一个送行的人影，只有笼子里的一只小狗偶尔哀嚎几声。这番景象竟然与我当时的心境格外吻合。我无法形容身心的疲倦，大概心情就像快要下雪时那般阴郁吧。我一直把双手插在夹克的口袋里，丝毫提不起精神把晚报掏出来看看。

  终于，发车笛声响了。我的心情略微舒展了一些，便把头靠在后面的窗

---

① 横须贺：日本的一个城市名。

框上，默默地期待着眼前的车站开始一点一点向后滑去。火车还没开，检票口的方向传来一阵矮木屐（jī）①的啪嗒声。紧接着，伴随着列车员的呵斥声，我所在的二等车厢的车门"哗啦"一声开了，一个十三四岁的小姑娘慌忙跑进来。同时，车厢"哐当"摇晃了一下，车缓缓启动了。月台上一根接一根的柱子、似乎被遗忘的运水车、戴着红帽子的搬运工以及车厢里正在给他小费的人，我所看到的这一切，都在吹向窗户的煤烟中依依不舍地向后退去。我的心情终于轻松下来。

我点燃一支卷烟，第一次抬起慵懒的眼皮，瞥（piē）了一眼坐在我对面的小姑娘。

这是一个地地道道的乡下姑娘。干枯的头发盘成银杏髻（jì）②，布满横向皲裂的两颊红得让人难受，一条脏兮兮的黄绿色毛围巾垂到膝盖上，膝盖上放着一个大大的包袱。她长满冻疮的双手抱着包袱，手心里紧紧握着一张红色的三等车票。我不喜欢她那张俗气的脸，还有她那脏兮兮的衣服也令我不悦。更让我生气的是，她愚蠢得连二等车厢和三等车厢都分不清。为了忘记这个小姑娘的存在，我点燃了卷烟，将口袋里的晚报掏了出来，放在膝盖上打开，漫不经心地看了起来。突然，照射在晚报上的日光变成了灯光，印刷劣质的几栏铅字格外明显地映入了我的眼帘。不用说，火车现在已经驶进

---

① 矮木屐：日本人常穿的低矮两齿木板鞋。木屐源于中国古代，后来传入日本，并成为日本人的常用鞋。
② 银杏髻：日本江户时期少女发式的名称。

横须贺线众隧道中的第一个隧道了。

晚报上刊登的净是一些世间的俗事，和谈问题、某人婚讯、渎（dú）职事件、讣（fù）告①等，无一能慰藉我。我在火车进入隧道的一瞬间，产生了一种错觉，感觉火车在倒退，同时，我也将那些索然无趣的新闻机械地过了一遍。我百无聊赖地将没看完的晚报丢到一旁，再次把头靠在窗框上，像死人一样闭上眼睛，开始假寐。

过了几分钟后，我突然感到身边有种压迫感，便睁开眼睛巡视了一圈，发现那个小姑娘不知何时已经坐到了我身旁，正在不断尝试打开窗户。但是沉重的玻璃窗并不像想象中那样好打开，她那皲裂的脸颊更红了。她轻微的喘息声里夹着抽鼻涕声，不断传入我的耳中。这引起了我的同情心。但是火车马上就要到另一个隧道口了。暮色中，只有两侧长满枯草的山腰是明亮的，而此时，山腰已十分逼近两侧车窗，由此可见火车要进隧道了。尽管如此，小姑娘还是特意要打开关闭的窗户，这使我难以理解。不，事实上我认为，这就是小姑娘任性而已，除此之外我想不到任何理由。因此，我心底仍然积蓄着不满的情绪，冷眼看着她那生了冻疮的手和玻璃窗艰苦作战，就像在祈祷她永远不会成功一样。

不久，火车咣当咣当地驶入了隧道，与此同时，小姑娘一直试图打开的玻璃窗终于叭的一声落了下来。瞬间，吓人的黑色空气，就像把煤熔化了一

---

① 讣告：人死后报丧的通知。

样，变成呛人的烟，从方形的窗口涌了进来。我本来就有咽炎，这下我连拿手巾捂脸的工夫都没有，就被这烟扑个正着，咳得上气不接下气。但是小姑娘完全不在乎我，她把头伸到窗外，目不转睛地望着火车前进的方向。

一阵风吹散了黑暗，也把她的银杏髻吹得微微颤动。当她在煤烟与灯光中眺望时，窗外已经开始逐渐明亮了起来。冷飕（sōu）飕的风夹杂着泥土、枯草、水的气息飘了进来，我的咳嗽也终于停了下来，若非如此，我一定会不分青红皂白地叱责这个素不相识的小姑娘，让她把窗户关上。

但是此时，火车已经安稳地驶出隧道。长满枯草的山与山之间，夹着一个贫困的小城边郊，火车正通过与它相交的岔路口。岔路口附近全是破烂的草屋和瓦房，横七竖八的，狭窄而拥挤。一面单薄的白旗孤零零地在暮色中飘摇，大概是岔道看守员在打信号吧，我想。

火车终于驶离隧道了。就在这时，我看到三个脸颊通红的男孩子在稀疏的岔道围栏的另一边，一个挤一个地并排站在那里。他们都很矮，像是被这阴霾的天空压矮了一般。还有他们衣服的颜色，和城郊的惨淡之色融为了一体。他们抬头看着火车驶过，然后一起举起手，扯着稚嫩的嗓子，拼命地喊着什么。几乎同时，之前那个将半个身子伸出窗外的姑娘，突然伸出生着冻疮的手，使劲左右摆动着，原来是将五六个被暖阳染成令人欣喜的金色的橘子扔给了前来送行的孩子们。

我不由得屏住呼吸，刹那间我豁然开朗。小姑娘大概是出去打工，便将怀里的几个橘子从窗口扔下去，慰劳特地前来送行的弟弟们。

沐浴在暮色下的城郊，像小鸟一样叫喊的三个孩子，还有纷乱落下的鲜艳的橘子，全都从车窗外一闪而过。但是这一切，却清晰地烙印在我的心上。那一刻，不知为何，我的心情突然晴朗起来。我抬头重新审视着那个小姑娘。小姑娘不知何时已重新坐回前面的位置，黄绿色的围巾仍然捂着满是皲裂的脸颊，抱着巨大包裹的手，紧紧地握着一张三等车票……

这一刻，我才开始稍微忘却了一丝刚刚那种无法形容的疲劳和倦怠，以及难以理解的庸碌无聊的人生。

桃太郎

一

很久很久以前,某座深山中有一棵巨大的桃树。光用巨大这个词可能还不足以形容它的大。这棵桃树的树枝伸入了云端,树根扎入地底的黄泉国。传说开天辟地之初,日本的造国之神伊奘(zàng)诺尊为了在黄泉比良坂①击退八个雷神,便扔桃子打他们,后来古老的桃子就变成了这棵桃树。

自世界初创以来,这棵桃树一万年一开花,一万年一结果。花朵像红色的伞盖,金色的花蕊犹如从伞盖上垂下的流苏。更加不可思议的是,每个果

---

① 比良坂:日本神话中人死后去的地方。

实中本应是桃核的位置，都孕育着一个美丽的婴儿。

这棵桃树的树枝遮住了山谷，树枝上的累累硕果静静地沐浴着阳光。一万年结一次的果实要挂在枝头一千年才会落地。但是，在某个寂静的早晨，命运化作一只八咫（zhǐ）鸦①，突然朝结满果实的树枝袭来，啄落了一颗果实。果实穿过正在向上攀升的云雾，掉进了山谷的河流里，在水雾缭绕中，顺着河流朝人类所在的地方漂去。

二

这颗孕育着婴儿的果实离开深山后，顺水而下，恰巧被一位老奶奶捡到，此时的老奶奶正在下游为上山砍柴的老爷爷洗衣服。老奶奶捡到这么大的一颗桃子，欢喜地把它抱回了家。傍晚，老夫妇为得到这么大的桃子而感到高兴，可正准备用刀切开来吃时，桃子裂成了两半，桃核的位置躺着一个哇哇大哭的男婴。膝下无子的老夫妇意外地拥有了这个宝宝，又惊又喜。他们为这名男婴取名"桃太郎"。

桃太郎在老夫妇的精心照料下很快长大了。

一天，桃太郎从邻居那里得知鬼岛之后，决定前去征伐它。他为什么要征伐鬼岛呢？因为他厌倦了像老爷爷和老奶奶那样去山上、河边、田里工

---

① 八咫鸦：日本神话中神武天皇东征时为其引路的乌鸦。

作。听到桃太郎这样说，爷爷奶奶对这个调皮的孩子寒了心，于是他们按照他的要求赶制了旗帜、大刀、铠甲等出征时需要的东西。不仅如此，他们还按照桃太郎的要求准备了糯米团子当作路上吃的军粮。

桃太郎斗志昂扬地踏上了讨伐鬼岛的征途。路上，桃太郎遇到了一只硕大的狗，狗饿得两眼发光，它对桃太郎说："桃太郎，桃太郎，你腰上挂的是什么东西？"

"是日本第一的糯米团子。"桃太郎得意扬扬地回答道。其实是不是真的日本第一，他自己都心虚。但是野狗一听是糯米团子，便立马凑了过来。

"给我一个吧，我愿意做你的随从。"

桃太郎立即盘算起来："一个不行，只给半个。"

狗坚持要一个，桃太郎坚持只给半个，就这样，像所有的交易一样，没货的一方最终要服从有货的一方。狗叹了口气，以成为桃太郎的随从为代价，换来了半个团子。

从那以后，桃太郎又用半个糯米团子做条件，招募了猴子和野鸡当部下。但是很遗憾，它们之间的关系并不融洽。尖牙利齿的狗，看不上没有骨气的猴子；很快能计算出如何分糯米团子的猴子，看不上假正经的野鸡；精通地震学等知识的野鸡，瞧不起头脑迟钝的狗。因为三个随从相互敌视，桃太郎在招募它们之后，很是伤神。

不仅如此，猴子吃饱后，突然开始表达不满。它说，只给半个糯米团子就当部下去征服鬼岛，这实在需要好好考虑考虑。于是狗咆哮起来，突然咬向猴子。如果不是野鸡拦着，猴子还没等报螃蟹的仇①，可能就先被狗咬死了。野鸡一边安抚狗，一边教育猴子什么是主仆之道，让它服从桃太郎的命令。但是此时的猴子刚刚躲过狗的袭击，爬到路边的树上去了，所以并没有听进去野鸡的话，最后还是桃太郎用技巧说服了猴子。桃太郎抬头看着猴子，扇着画着圆日的扇子，故意冷静地说道："好吧，好吧，你就不要跟着我了。那么，征伐鬼岛得到的财宝，一点儿也不会分

① 猴子还没等报螃蟹的仇：借用了日本童话猴蟹大战的故事。

给你。"

贪婪的猴子瞪圆了眼睛:"财宝?鬼岛有财宝吗?"

"不只,还有一种宝贝叫万宝锤①,它可以敲出任何你想要的东西。"

"这么说吧,只要用万宝锤敲出很多个万宝锤,就可以一次性得到所有想要的东西了。这真是个好消息!请务必带上我!"

就这样,桃太郎再次与它们结伴,加速进军鬼岛。

三

鬼岛是一座海中孤岛,但是并不像人们想象的那样到处都是石头山。实际上,岛上耸立着椰子树,还有极乐鸟在鸣啭(zhuàn),是一方美丽的天然乐土。自然,生长在这里的鬼也是热爱和平的。不,鬼这个种族,本来就比我们人类懂得享受。

鬼在热带风景中琴歌酒赋,起舞翩翩,过着安稳的生活。鬼的妻女织布、酿酒、插花,和我们人类妻女的生活没什么区别。特别是头发花白,掉光了牙齿的鬼奶奶,总是一边照顾着孙辈,一边告诉他们人类有多恐怖……

"你们要是淘气,就把你们也送到人类的岛上去。鬼被送到人类的岛

---

① 万宝锤:出自《一寸法师》和《龙宫童子》等日本传说。

上，就像过去的小鬼'酒吞酒子①'，一定会被杀死。什么？人类是什么？人类就是头上没有角，脸和手脚煞白……总之就是可怕的东西。特别是女人，还要往煞白的脸和手脚上涂白粉。如果只是这样还算好的，他们不管是男是女都一样爱说谎、贪婪、嫉妒、自恋、互相伤害、放火、偷盗，简直是一群无可救药的怪物……"

四

桃太郎给予了这座鬼岛从未经历

---

① 酒吞酒子：传说中日本平安时代的鬼族首领。

过的致命打击。鬼吓得忘记了自己的金棒，大喊"人类来了"，惊慌失措地在笔直的椰树林里东逃西窜。

"前进！前进！但凡是鬼，一律杀无赦！"

桃太郎一手执旗，一手使劲挥舞着画着圆日的扇子，向狗、猴子、野鸡发号施令。狗、猴子、野鸡，也许它们三个关系不好，但是没有人能比饥肠辘（lù）辘的动物更像忠勇无双的战士了。它们像风暴一样追逐着逃跑的鬼，对他们痛下狠手。

终于，鬼酋（qiú）长带着残存的几个鬼向桃太郎投降了。

可想而知，桃太郎有多得意。而鬼岛，已经不再是昨天那个极乐鸟欢唱的乐土了。

桃太郎依旧单手执旗，率领着三名部下，对像扁蜘蛛一样匍匐（púfú）在地的鬼酋长严厉地说道："既然如此，我格外开恩，饶你们一命，但是你们必须献上鬼岛的所有金银财宝，一个都不能少。"

"是，全部奉上。"

"此外，还要交出你们的孩子做人质。"

"也会照办。"

鬼酋长再次磕头，然后战战兢兢地问桃太郎："您来讨伐我们，想必是我们对您做了什么失礼之事，但是我和鬼岛的鬼们到底对您做过什么失礼的事，我们实在不知，还望明示。"

桃太郎得意地点了点头。

"因为日本第一的桃太郎召集了狗、猴、鸡三位忠义之士,所以前来讨伐鬼岛。"

"那么,为什么要召集那三位忠义之士呢?"

"因为我本来就立志要征伐鬼岛,所以用糯米团子召集了它们。怎么?如果还不明白,就连你们一块收拾了。"

鬼酋长吓得倒退三尺,只得再次唯唯诺诺地弯下了腰。

五

日本第一的桃太郎和狗、猴子、野鸡,让作为人质的鬼孩子们拉着装满财宝的车,得意扬扬地凯旋了。

但是,桃太郎的一生未必是幸福的。鬼孩子们长大后,咬死了值班的野鸡,立刻逃回了鬼岛。不仅如此,鬼岛上残存的鬼时不时地漂洋过海来烧桃太郎的房子,想要取他的性命,可是认错了人,错杀了猴子。

祸不单行的桃太郎不由得叹息道:"鬼的执念太深了,真令人困扰。"

"竟然忘记主人的不杀之大恩,真是岂有此理。"狗见桃太郎愁眉苦脸的样子,总是这样愤懑(mèn)地说道。

这期间,在鬼岛寂静的海岸上,五六个沐浴着美丽的热带月光的鬼青年，为了鬼岛的独立计划，正在研究椰子炸弹。他们甚至忘记了享受这迷人的热带月光。他们沉默着，但是茶碗大的眼睛里却闪烁着喜悦的光芒……

六

在人类未知的深山里，冲破云霄的桃树一如既往地结满果实。当然，只有孕育了桃太郎的那颗果实，在很久以前落入了山涧。但是没有人知道未来的天才[①]还在果实中睡觉，那只巨大的八咫鸦也不知何时会再次出现在树梢。啊，没有人知道未来的天才还在果实中睡觉……

[①] 天才：日语里"天才"和"天灾"同音，这里很可能是一语双关之意。

矿车

小田原与热海之间开始铺设轻轨那年，良平八岁。良平每天都到村外去看施工。说是施工，其实就是用矿车运土。良平对此乐此不疲。

装好泥土的矿车上站着两名土方工人。矿车是从山上到山下，所以不需要借助人力就能前进。矿车的底盘上下张合，工人穿的衣服下摆飘扬，细窄的轨道曲折蜿蜒。良平眺望着这番景象，也想成为一名土方工人。他想，至少要和土方工人一起乘坐一次矿车。

矿车到村外的平地上后，便会自己停下来，工人们轻巧地跳下矿车，迅速将车里的土倾倒在轨道尽头处，然后再推着矿车，往来时的山上爬。良平想，即使不能坐车，能推车也行啊。

那是二月上旬的一个傍晚。良平带着比自己小两岁的弟弟，以及和弟弟

同龄的邻居家的孩子一起去了村外放矿车的地方。在夕阳的余晖中，满是泥巴的矿车并排摆在一起，却没看见工人们的身影。

三个孩子提心吊胆地推了推放在最边上的矿车。在他们的齐心协力下，矿车的车轮突然"咯噔"一声转动了。良平被这声音吓出一身冷汗，但是第二声就习惯了。伴随着"咯噔咯噔"的声音，矿车在三个人的推动下，开始沿轨道爬上山坡。推了二十米左右后，轨道突然陡峭起来，无论他们怎么使劲，矿车都一动不动，甚至还有被反推下去的趋势。良平觉得已经可以了，便向两个比自己小的孩子发出信号。

"上车！"

他们一起松手跳上了车。矿车一开始很缓慢，然后越来越快，最后沿着轨道一口气冲了下去。同时，沿途的风景像被劈成了左右两半，迅速从眼前掠过。傍晚的风扑面而来，脚下的矿车像跳舞一样晃动着，良平高兴得仿佛到了天堂。

但是两三分钟后，矿车便回到了原来的起点，停了下来。

"来，再推一次。"

良平和两个比他年幼的孩子一起，准备再推一次矿车。但是，车轮还没动起来，他们身后便突然传来了脚步声。不仅如此，怒骂声紧随其后："臭小子！谁准你动矿车的？"

一个穿着印着商号的旧外衣、戴着与时节不符的麦秸（jiē）草帽的高个子工人站在那里。良平看向他的时候，已经和两个比他年幼的孩子跑出十来米了。

从那之后，良平办完差事回来，即使看到工地上无人理睬的矿车，他也不想再坐一次了。当时在黄昏中隐隐约约看到的那位戴着麦秸草帽的工人的身影，至今仍然残存在良平的脑海深处。但是，这份记忆也一年比一年模糊。

之后又过了十多天。某个午后，良平再次站到了工地上，翘盼着矿车的到来。这时，一辆堆满枕木而不是堆满土的矿车沿着主线路上的宽轨爬了上来。推这辆矿车的是两个年轻的男人。

良平一看见他们，就觉得他们平易近人。他想："这两个人应该不会骂我。"于是，他跑到了矿车旁边。

"叔叔，我帮你们推吧？"

其中一个穿着条纹衬衫埋头推车的男人，正如良平想的那样，头也不抬便爽快地答应了："好，推吧。"

良平来到两人中间，开始使劲推车。

"小伙子挺有劲儿嘛。"

耳后别着卷烟的另一个男人这样夸奖他。

推着推着，轨道的坡度开始渐渐平缓了。良平担心他们随时会说"你不用推了"，内心十分紧张。但是，两位年轻的工人除了腰板挺直了一些，什么也没说，继续默默推车。

良平最后忍不住了，忐忑地问道："我可以一直推下去吗？"

"可以。"两人同时回答。

良平觉得他们人真是好。

又继续推了五六百米，轨道再次陡峭起来。两侧的橘园里，黄色的果实沐浴着充足的阳光。

"上坡好，因为可以一直推下去。"良平边想边使出全身的力气推车。

到了橘园最高点后，轨道突然变成了下坡。穿着条纹衫的男人对良平说："喂，上车。"

良平立刻跳了上去。矿车载着三人滑行得越来越快，同时，橘子的香气扑面而来。

"坐车要比推车好多了。去的时候推的地方越多，回来的时候坐车的时间就越久。"良平这样想着，身上的和服外褂随风鼓起。

到了一片竹林后，矿车渐渐停了下来。三个人又开始像之前那样推着沉重的矿车。接着竹林渐渐变成了杂树林，平缓的坡上到处都是落叶，连上锈的轨道都看不见了。终于，矿车到达这段路的最高点，站在高高的山崖上放眼望去，对面是广阔而清凉的海面。刹那间，良平突然清晰地意识到，自己走得太远了。

三个人又上了车。大海在矿车右面，矿车从树枝下面滑过，但是良平不再像刚才那样觉得有趣了。他在心里祈祷着，如果现在可以开始往回走就好了。但是，他当然清楚，不到目的地，矿车和人都不会回去的。

矿车再次停下来，这次是在一间稻草屋前，被挖开的大山仿佛就压在这间稻草屋背上。这是一间茶馆。两个工人一进到店里，便开始和背着婴儿的老板娘一起悠闲地喝茶，良平心神不宁地围着矿车转圈。坚固的矿车底盘板上溅到的泥巴，已经干了。

又过了一会儿，之前耳后别着卷烟的男子，递给站在矿车旁的良平一包用报纸裹着的粗粮点心。此时，他耳后根的烟已经不见了。

良平冷淡地说了声："谢谢。"

但是随即，他又觉得自己不应该对人家这么冷淡。于是，为了掩盖刚刚的冷淡，他吃了一个点心。点心上还沾着报纸没干透的油墨味儿。

三人推着矿车又开始爬坡。良平虽然手放在车上，但是心已经飞走了。

翻过这个坡，又有一家同样的茶馆。工人们进去后，良平坐在矿车上，满脑子都在想回去的事。茶馆前，洒在梅花上的阳光渐渐消失了。他想，太阳下山了。

良平开始坐不住了，一会儿踢踢矿车的车轮，一会儿试着推推车，他当然知道光凭自己是推不动的，只是在分散注意力而已。

但是工人们出来后，只是把手放在车里的枕木上，轻描淡写地对他说："你回去吧，我们今晚在这里住下了。"

"你要是回去得太晚，家里人会担心的。"

良平顿时目瞪口呆。天色已经这么晚了，虽然去年傍晚的时候和母亲来过岩村，但是今天的路程是去年的三四倍，而且自己必须一个人走回去。他立刻看清了现状，几乎要哭出来。但是，他知道哭也无济于事，现在不是哭的时候。他不自然地向两位年轻的工人鞠躬告别，然后开始沿着轨道往回跑。

良平浑浑噩噩地沿着轨道一直跑，其间他意识到兜里的点心碍事，就顺手将它扔在了路边，顺便把木底草鞋①也脱掉扔了。这样一来，小石子会直

---

① 木底草鞋：木屐的一种。

接钻进单薄的袜子①里，但是腿脚更轻便，能跑得更远了。他能感觉到海在他的左边，这时，他开始攀爬陡峭的山坡了。偶尔眼泪涌上来时，他的脸会跟着扭曲。但是，就算强挺硬撑，抽鼻子声还是没停过。

翻过竹林后，日金山天边火红的晚霞也消失了。良平越来越焦急。也许是由于去和来时的光线不同，景色的变化也引起了他的焦虑和不安。良平发现身上的衣服已经被汗水浸透了，为了拼尽全力继续跑下去，他把和服外褂也脱掉扔在了路边。他到达橘园附近时，周围越来越黑。"只要能活命……"良平边想边跌跌撞撞地继续跑。

终于，在昏暗的暮色中，他远远地望见了村外的工地。良平想放声大哭，但他还是憋住了，没有哭，继续跑。

进村后，良平看到两侧的家家户户都已经亮起了灯。在电灯的灯光下，良平看到自己的头上冒着热气。在井口打水的女人们，还有从田地里归来的男人们，看到气喘吁吁的良平，都问他："喂，怎么了？"

他没有回答，默默地跑过杂货铺，跑过理发店，跑过一栋栋明亮的房子。

良平跑进自家家门后，终于"哇"的一声号啕大哭起来。他的哭声引来了父母。特别是母亲，一边嘟哝着什么，一边去抱良平。但是，良平却挣扎闹腾着，继续啜（chuò）泣。

---

① 袜子：这里指专门配木屐穿的那种袜子。

他的动静可能太大了,引来了附近的三四个女人;她们在昏暗的门口围观。父母和周围的人都在问他怎么了,但是良平除了大声哭以外不知所措。一回想起刚刚跑过的遥远路途,想起这一路的担惊受怕,良平觉得不管哭多大声,不管哭多久都不够……

良平二十六岁那年,和妻子一起到东京生活,如今在某家杂志社的二楼,握着校对的红笔。但是,他总是无缘无故地想起当时的自己。真的是无缘无故吗?如今疲于奔波的他,还不是和那时一样,面前有一条狭窄的路,路上有昏暗的竹林与坡道,断断续续地延伸着……

父亲

这件事发生在我中学四年级的时候。

那年秋天,我们组织了一场四天三夜的,从日光市到足尾市的毕业旅行。学校下发的誊(téng)写版印刷品上写着这样一条注意事项:"上午六点三十分在上野车站候车室集合,六点五十分发车……"

当天早上,我连早饭都没吃就冲出了家门。虽然我心里清楚,从我家坐电车前往上野候车室只需不到二十分钟,但就是心急如焚。即便我已经站到电车车站的红柱子前开始等电车了,也无法恢复平静。

不凑巧的是,那天多云。有人认为,如果工厂汽笛发出的声波震到这些灰色的水蒸气,那么它们可能变成毛毛雨落下来。就在沉闷的天空下,汽车驶过了高架铁路,前往服装厂的马车也走了过去,一间间商店打开了门窗,就连我所在的这个车站,也多了两三个人。大家都一副没睡醒的样子,无精打采地整理着仪容。真冷。所幸这时电车来了。

拥挤的电车中,我终于抓到了一个吊环。这时,不知是谁从后面拍了一下我的肩膀。我诧异地转过头,原来是能势五十雄。

"早啊。"

他和我一样穿着深色制服。他将外套搭在左肩上,他的腿上缠着麻制绑腿,腰间挂着便当包和水壶。

能势是和我从同一个小学毕业,又进了同一所中学的男生。他没有学得特别好的科目,也没有学得特别不好的科目。但值得一提的是,对于流行歌曲之类,他总是听一遍就能记住曲调。所以,在修学旅行这种需要外宿的活动中,他总会露一手。吟诗、萨摩琵琶歌、相声、说书、口技、魔术……他什么都会。除此之外,他还会用身体语言和表情把大家逗得哈哈大笑。因此,他在班上的人缘和老师给他的评价都不赖。虽然我们平时有来往,但不能说关系很好。

"你也挺早的。"

"我一直都很早呀。"能势说,微微颤了颤鼻翼。

"但是你最近可迟到了。"

"最近?"

"上语文课的时候。"

"啊，你说被马场老师训斥的那次吗？那是他的失误。"能势提到老师的时候总是直呼其名。

"我也被马场老师训斥过。"

"因为迟到吗？"

"不，因为我忘记带课本了。"

"仁丹①总是这么多事儿。"

仁丹是能势给马场老师起的外号。正说着，电车到站了。

和上车时一样，我们在人堆中挤来挤去，好不容易才下了车。

我们到候车室的时候时间尚早，班里才来了两三个人。我们互相道了"早安"，然后争先恐后地到集合处的木头长椅那里抢座。接下来，就像往常一样，大家七嘴八舌地聊起天来。那时的我们正处于喜欢用"俺"代替"我"的年纪。于是自称"俺"的小伙伴们开始预测旅行，讨论同学的品行以及说老师坏话，聊得热火朝天。

"阿泉很狡猾，他有老师用的英语教材，所以一次都没有预习过。"

"平野更狡猾，考试的时候把历史年代抄在指甲上作弊。"

"话说回来，还不是因为老师太狡猾了。"

"我同意。本间老师连'Receive'是'i'在前还是'e'在前都分不清楚，就照着教科书随便糊弄糊弄，人家不是照样当老师。"

---

① 仁丹：一种口服中成药，有提神醒脑，可缓解伤暑引起的恶心胸闷、头昏等的功效。

但是说来说去,不是这个人狡猾就是那个人狡猾,就没有一句好话。大家正聊着,能势开始点评一个坐在他旁边的长椅上,正在看报纸,看起来像手艺人的男人的鞋子,说它像是在张嘴笑。当时流行一种新型鞋子,叫机制靴①。这个男人穿的机制靴整体已经失去了光泽,脚尖处还绽开了一个大口子。

"'张嘴笑'太形象了。"大家同时忍不住地笑了起来。

那之后,同学们自以为是起来,开始观察出入候车室的各色行人,然后再用贬义词傲慢地对着他们品头论足。在这件事上,我们中间竟然没有一个成熟的同学甘于落后。其中能势的用词最为毒辣,但也是最幽默的。

"能势,能势,你看那个妇人。"

"她的脸就像一条膨胀的河豚。"

"那边那个戴红帽子的运货员像什么,能势?"

"像查理五世②。"

到最后,竞演变成了由能势一个人表演"说坏话"。

这时,我们中间的一个人发现了一个微妙的男人,他正站在发车表前查看密密麻麻的数字。男人穿着紫黑色的西服上衣、灰色的宽条纹裤,双腿像球杆一样细;他戴着黑色的老式宽檐礼帽,帽檐下露出半白的头发,看来岁

---

① 机制靴:机器制鞋,当时正处于由手工制鞋向机器制鞋过渡的阶段。
② 查理五世:神圣罗马帝国的皇帝、西班牙国王。

数不小了；他的脖子上围着非常漂亮的黑白格围巾，腋下夹着一根像鞭子一样细长的紫竹拐杖。不管是着装还是气质，他都像是从讽刺漫画中走出来的一样。

我们中的一个同学以为又有新的恶搞对象了，笑得肩膀直抖。他扯了扯能势的手说："喂，你看那个人怎么样？"

于是，大家都看向了那个微妙的男人。男人从马甲的口袋里掏出一只连着紫色表链的镍（niè）制怀表，仔细对比着发车表上的数字。只凭侧颜，我就立刻认出那是能势的父亲。

但是我的这帮同学里没有一个人认识能势的父亲。所以大家都期待地望着能势的脸，准备听他如何恰当地形容这个滑稽的人，也准备好了听后的笑声。对于中学四年级的学生来说，还不懂得要顾及能势的心情。我差一点儿就脱口而出："那是能势的父亲啊。"

然而……

"那个人吗？那个人像伦敦的乞丐。"能势说道。

可想而知，大家忍不住一起笑了起来。甚至有人特意模仿能势的父亲掏怀表的样子。我不由得低下了头。因为当时的我，实在没有勇气直面能势的表情。

"太贴切了。"

"快看啊，他的帽子。"

"古董店的吗？"

"古董店能有这东西吗？"

"那就是博物馆了。"

大家又开心地笑起来。

阴天的停车场像傍晚一样昏暗。我隐藏在这昏暗中，装模作样地朝"乞丐"偷偷瞧了一眼。

突然，昏暗中好像有一缕狭窄的阳光，透过天花板上的天窗，斜射进来，不偏不倚地洒在能势的父亲身上。周围所有的人和物都在运动，目光所及之处，或视线所不及之处，都在运动。然后，这些运动着的人或物，都没有了声音，像雾一样笼罩着候车室这个庞大的建筑物。但是，唯有能势的父亲是静止的。这个穿着与现代格格不入的洋装的老翁，即便身处川流不息、瞬息万变的人潮中，也依旧戴着超越时代的黑色礼帽，端着带有紫色表链的怀表，像消防泵（bèng）一样伫立在发车表前……

从那以后，我委婉地打听到，能势的父亲在大学的药局里上班，那天是为了在上班途中看看儿子和同学一起启程毕业旅行的模样，才特意到停车场来的。只不过他没有提前告诉儿子。

能势五十雄在中学毕业后不久就因肺结核去世了。他的追悼会在我们中学的图书室举行。站在他戴着制服帽子的遗像前致追悼词的人正是我。

于是，我在悼词中加了这么一句话："你，是个孝子。"

人偶

这是一个老妇人讲述的往事。

大概在十一月吧,我们家答应把人偶卖给住在横滨的一个美国人。我们家叫作纪之国屋,历代都是给大户人家贷款的富商。特别是我那名叫紫竹的祖父,他是一个有头有脸又擅长做人偶的人,所以后来人偶传到了我手里,它们被制作得相当精致考究。我说的人偶是皇宫人偶,就是那种类似用珊瑚点缀帽子上璎珞(yīngluò)的皇后人偶和盐濑(lài)绸腰带上绣着家徽或副家徽的天皇人偶。总之,这是一组非同寻常的人偶。

然而,作为第十二代纪之国屋兵卫的父亲,竟然要把它卖了,可想而知当时手头有多紧。反正自从德川家族倒台后,归还商户所缴税金的只有加贺地区，而且三千两税金只还了一百两。而因幡（fān）①等应该还四百两左右税金的地方，只有赤间还了一个石砚台。再加上遭遇了两三次火灾，而且开了伞店后人手不够，当时家里值钱的东西基本都卖了，只为换一口饭吃。

而劝我父亲卖掉人偶的是一个叫丸佐的古董商，不过他已经去世了。他活着的时候是一个秃子。但是，丸佐的秃头并不可笑。他的头顶中央有一块膏药大小的刺青。据他本人说，这是他年轻时为了掩盖那么一点点的秃头刺的，不凑巧的是，后来他的头全秃了，只剩下这个刺青。暂且不说丸佐先生，总之，父亲大概是怜惜十五岁的我，所以不管丸佐劝说了多少次，他也没有松口卖掉人偶。

最终说服父亲卖掉人偶的人是我的哥哥英吉，可如今他也去世了。而那个时候他才十八岁，脾气非常暴躁。

那时的哥哥是一个思想开放，英文读物不离手，喜欢政治的青年。一提到人偶的话题，他就会贬低说人偶节是旧习呀，这么不实用的东西放在那里也没用呀，等等。因为这事，哥哥和守旧的母亲不知道争吵过多少次。但是只要卖了人偶，至少可以熬过这个年关。所以母亲在处境窘（jiǒng）迫的父亲面前，也不便再固执己见了。于是人偶，就像前面我说的，在十一月中旬，终于卖给了一个住在横滨的美国人。

什么？要卖我的人偶？我当然说不行了，像个泼妇一样闹腾过一段时

---

① 因幡：日本古代的令制国之一，属山阴道，又称因州。

间。但其实我也并没有特别悲伤，因为父亲说卖掉人偶后，会给我买一条紫色绸缎的腰带。

这桩买卖谈好的第二天晚上，丸佐从横滨回来，到我家拜访。

我家在遭遇三次火灾之后并没有真正地请人整修过。一家人住在没有被完全烧毁的仓库里，临时收拾出了一块地方作为店面。当时我家是赶鸭子上架开的药房，所以货架上只有正德丸、安经汤、胎毒散等这种家庭常备药，而且上面还点了无尽灯。这么说，可能大家不明白，无尽灯是一种用菜油而不是用煤油的老式油灯。说起来有点儿好笑，即便到现在，我只要闻到陈皮或者大黄之类的药材的气味，就一定会联想到这盏无尽灯。是的，那天晚上，这盏无尽灯在充斥着药材味儿的空间里，发着微弱的光。

秃头的丸佐先生和剪掉发髻后的短发父亲一起坐在无尽灯下。

"这里是一半定金……请确认。"

几句寒暄后，丸佐先生拿出了用纸包裹的现金。应该是约好了那天付定金的吧。父亲的手朝向火盆一边烤着火，一边沉默着向对方鞠了一躬。正好这时，我照母亲的吩咐来上茶。我刚进去准备上茶，丸佐先生突然大声说道："这可不行。这绝对不行。"

我以为他在说我不可以上茶，因此愣住了，再看看丸佐先生的面前，又多了一包钱。

"绵薄之礼，不成敬意。"

"不，您的心意我已经收到了，这个还请收回去……"

"不不……这样我会过意不去的。"

"请不要说笑了，是我过意不去才对。又不是生人，一直以来我都承蒙您的照顾。不要说见外的话，请您务必收回……喔，是小姐。晚上好，嗯嗯，今天梳的是双蝶髻，真漂亮！"

我本来没什么特殊情绪，被他这么一说，就躲回仓库了。

仓库有十二个榻榻米那么大吧，本来挺宽敞的，但是里面既放了货架又放了火盆，还有衣柜、置物柜等，放了这么多东西就不免狭窄了许多。这么多家具中最引人注目的是一个大概三十多拳宽的桐木箱，我们一直叫它人偶箱。就像是随时准备好把它交出去似的，它就靠着窗户下的墙根放着。本来放在仓库正中央的油灯被拿去店面那边了，所以现在这里放着的是一个昏暗的灯笼。在老式的灯笼发出的光线下，母亲缝着泡药袋，哥哥在旧桌子上翻看着之前提到过的那本英语书，一切都和往常一样。但是，当我不经意间看向母亲的脸时却发现，她虽然不停地穿针引线，但是低垂的眼眸里却已积满了泪水。

我期待着母亲会因为完成送茶的任务而夸奖我，虽然这么说有点儿夸张，但我确实是期待的。可或许是因为看见了母亲的眼泪吧，与其说我感到难过，不如说有些不知所措。

为了尽量不看母亲，我坐到了哥哥身边。哥哥英吉突然抬起头，莫名其妙地看了看我和母亲，又莫名其妙地笑了笑，然后继续读他的英语书。我那时还没有开始憎恨把"开放"写在脸上的哥哥。我只是认为他在小瞧母亲。所以我突然用尽全力推了哥哥的背部。

"干什么？"哥哥恶狠狠地瞪了我一眼。

"打你！就打你！"

我哭着想再捶他一下。那时的我竟然忘记了哥哥是一个脾气暴躁的人。就在我举起的手还没有落下时，哥哥一巴掌向我扇了过来。

"野蛮人！"

当然，我大哭起来。同时，哥哥的头顶也被尺子打了一下。哥哥立即理直气壮地和母亲顶撞起来。母亲也不承想会这样，颤抖着声音和哥哥吵了起来。

在他们争吵期间，我一直后悔地哭泣着，直到父亲送走丸佐先生，拿着无尽灯从店面那边回到这里。

不，不只我一个人停了下来，哥哥看到父亲的脸后也立即安静了。因为那时，哥哥比我还害怕少言寡语的父亲。

那天晚上，他们商定了将于本月末一手交钱一手交货。

什么？要问卖了多少钱吗？现在想来，真是便宜得令人难以置信，但确实只卖了三十日元。尽管如此，按当时的物价来说，这绝对是高价了。

距离送走人偶的日子越来越近。之前也说过了，最初我并没有特别难

过。但是随着日子一天天临近,不知从何时开始,我竟舍不得和人偶分别了。虽然我还是个孩子,但是也不想反悔,只是想在交到别人手里之前,再好好看它们一眼:一对皇宫人偶、五个陪衬人偶、紫宸(chén)殿台阶左侧的樱花、紫宸殿台阶右侧的橘树、带纸罩的烛灯、屏风、泥金画制成的道具。我多么想再一次把他们排列在这个仓库里最后欣赏一番,这就是我的心愿。但是无论我央求多少次,固执的父亲也没有满足我这小小的愿望。

"人家已经交过定金了,所以不管放在哪里都是人家的东西。不要乱动别人的东西。"面对我的央求,父亲是这样说的。

快到月末的时候,这天风很大。母亲可能因为感冒,或者因为下嘴唇长了一个米粒大小的肿疮,不太舒服,连早饭都没吃。

母亲和我一起收拾好厨房后,单手抚住额头,俯着身子一动不动地坐在火盆前。正值晌午,我不经意间抬头一看,发现母亲长疮的下嘴唇整个肿了起来,活像一个红薯,而高温使母亲的眼睛看起来像在发光一般。

我吓坏了,不知所措地跑到父亲所在的店面里去。

"爸爸!爸爸!妈妈出事了。"

父亲……还有也在那儿的哥哥一起来到了里面的房间。或许,父亲也被母亲的样子吓到了吧,平时沉着冷静的父亲这时也呆住了,嘴也不听使唤了。

即便如此,母亲仍旧一直努力保持微笑,这样说道:"没出什么大事,就是不小心抓到了火疖（jiē）子，我这就给你们做饭去。"

父亲用半带呵斥的口吻打断了母亲："英吉！快去把本间医生叫过来！"

哥哥还没等父亲说完，就一溜烟地消失在寒风中了。

哥哥始终认为叫作本间的医生是庸医。他在给母亲看病时，很为难地抱起双臂。母亲嘴上长的这个东西叫面痈（yōng）。本来并不是什么大病，做手术就能好，但可悲的是，对于当时的我们家来说，做手术并不容易，所以只能喝中药，或是用水蛭（zhì）把面痈里的脓血吸出来。

父亲每天都守在母亲的枕边，给她熬本间医生开的药，哥哥也每天出去买十五钱水蛭回来，我呢，则瞒着哥哥，到神社来回祈祷了很多次。正是因为这样的情形，哪里还有心思去想人偶的事——不，不仅是我，大家都没时间看一眼那个放在墙边的三十拳宽的桐木箱子。

但是到了十一月二十九日那天，也就是终于要和人偶分开的前一天晚上。一想到今天是我和人偶在一起的最后一天，我就忍不住想要再打开箱子看上一眼。但是父亲太固执了，我知道无论我如何央求，他还是不会同意的。

我立刻想到了去和母亲商量，可是从那天之后，母亲的病情愈发严重，只能稍稍吃一些流食。特别是最近，经常有夹杂着血丝的脓液流向母亲嘴里。

见到母亲这个样子，就算是十五岁的小女孩，也很难鼓起勇气说出自己的请求。我从早上开始就在母亲的枕边等候时机，但是一直到享用下午茶时也没能开口。

但是，那个装着人偶的桐木箱就放在我眼前的铁丝网窗下。等过了今晚，这个装着人偶的箱子就要被送到遥远的住在横滨的陌生人家里去了，甚至可能会被送到大洋彼岸的美国去。一想到这儿，我更无法忍受。

趁着母亲睡着时，我悄悄跑到店面这边。店里虽然没有阳光，但是和仓库里比起来，单单是能看到来往的行人这一点，就令人欢快许多。那边，父亲正在对账，哥哥则全神贯注地看他的英文书。

"爸爸，这是我这辈子唯一的愿望……"

我一边窥视着父亲的表情，一边开始像往常一样祈求他。但是，父亲别说同意了，看都不看我一眼。

"关于这件事我不是说过了吗？喂，英吉！你今天天黑前去一趟丸佐那里。"

"你是说去丸佐先生那里吗？"

"我托他买了一盏煤油灯……你回来时捎上。"

"但是丸佐先生那里没有煤油灯吧？"

父亲把我晾在一边，难得地笑了："又不是烛台之类的东西，我拜托他给我买的，比我自己买强。"

"那无尽灯不用了吗？"

"它也该退休了。"

"老旧的东西就应该一个一个退休。重要的是你母亲看到煤油灯，心情会舒畅一些吧。"

说到这里，父亲又恢复原状，继续拨弄算盘了。我的欲望越是没被重视，反而越膨胀。我再一次从后面摇动父亲的肩膀。

"呐，爸爸，求求你了。"

"吵死了！"父亲连头都没回就突然呵斥我。不仅如此，哥哥也坏心眼地偷偷看我。

我垂头丧气地悄悄回到了里面的房间。母亲不知何时醒了，用手为发红的双眼遮光，向这边眺望着。看到我后，她格外清醒地问道："你为什么被父亲责骂了？"

我不知该如何回答，玩弄着枕边用来涂药的棉签。

"你又提什么无理的要求了吧？"

母亲一直盯着我，痛苦地继续说道："我的身体不好，一切都要靠你父亲一人打理，所以，你要听话点儿才行。父亲会让你和邻家的女儿一起去看戏的……"

"我才不想去看什么戏呢！"

"不，不仅可以看戏，簪（zān）子啊，衬领啊，你想要的都会给你的……"

听着听着，我也不知道自己是因为后悔还是因为悲伤，眼泪吧嗒吧嗒地掉了下来。

"听我说，妈妈……我……我没有想要的东西，只是想在人偶被卖掉前再……"

"人偶吗？人偶被卖掉前怎么样？"

母亲睁大眼睛看着我。

"人偶被卖掉前再……"

我吞吞吐吐地说着，突然发现了哥哥英吉，不知道他什么时候已经站到了我的身后。

哥哥低头看着我，如往常一般刻薄地说道："野蛮人！又是人偶的事吧？忘了你是怎么被父亲骂的了？"

"有什么关系嘛。你不要在这里唠叨了。"

母亲嫌吵般闭上了眼睛。但是哥哥当作没看见，继续训斥我："你都已经十五岁了，该懂事了吧？卖到那个价！有什么好舍不得的？"

"不用你给我讲道理！被卖掉的又不是你的人偶！"

我也不认输地顶回去。接下来也是如此，他说一句我回两句，突然哥哥抓起我的领子，将我摔倒在地。

"你这个淘气的野丫头！"

如果不是母亲拦着，他一定要再打我两三下了吧。母亲从枕头上抬起半个脑袋，对气喘吁吁的哥哥斥责道："阿鹤什么都没做，用得着这样对待她吗？"

　　"因为不管怎么和这家伙说，她都不懂事。"

　　"不，你讨厌的不只是阿鹤吧？你……你……"母亲噙着泪水，好几次欲言又止，"你恨的是我吧？如果不是这样，我还在生病呢，你却又是要卖人偶，又是欺负没有过错的阿鹤……你没理由这么做啊？我说的没错吧？如果是那样，你又为什么恨我……"

　　"妈妈！"

　　哥哥突然大喊一声冲到母亲的枕边，用胳膊肘掩住了脸。这个不管是后来长年奔波于政坛，还是最后被送进疯人院，一次都没有示弱过，即便在父母去世时也没有落一滴泪的哥哥，唯独在这一刻，开始抽泣了。

　　这一幕，就连处于亢奋状态的母亲也感到意外吧。母亲长叹一口气，咽了后半句想说的话，又躺了回去。

　　这场风波过后，大概有一个小时吧，许久不见的饭店老板德藏来到了我家店里。不，他已经不是饭店老板了，现在是人力车夫。他是我家店里一位年轻的老主顾。

　　德藏看起来很轻闲地拉着画着牡丹和狮子图案的人力车，摇摇晃晃地来到了店门口。

我正猜他来干什么，他就对父亲说："今天客人少，想请小姐坐车，带她从会津到铺砖路一带的地方逛一逛。"

"去吗？阿鹤。"

父亲故意板着脸，望着特意从店里出来看人力车的我。

如今，就算小孩子也未必喜欢坐人力车了，不过对于当时的我们来说，坐人力车和现在坐汽车一样令人高兴。但是母亲正在生病，况且刚才又闹腾了一场，我没有办法毫不犹豫地说想去。我略带沮丧地小声回答说："想去。"

"那你去征询一下母亲的意见，德藏难得开口。"

母亲和我想的一样，闭着眼睛笑了笑说："正好。"

坏心眼的哥哥恰巧这时被派去丸佐先生那里了。我仿佛忘记了自己刚刚哭过，飞一般地跳上了人力车，就是那种用红毛毯盖住膝盖，轮子发出嘎吱嘎吱响的人力车。

沿途看到的风景没什么好讲的，倒是可以讲讲德藏发的牢骚。德藏拉着我刚要插进铺砖的大道，就差点儿和一个载着西洋女人的马车撞在了一起。这件事总算摆平了后，德藏咋（zé）舌说道："这样下去可不行啊。小姐你太轻了，我的脚想刹车都停不下来。小姐，你二十岁之前可不要坐人力车了，载你的车夫太可怜了。"

人力车从铺砖的大道上刚转向回家的小胡同，就遇到了英吉。哥哥提着一盏带黑褐色竹把的煤油灯,急匆匆地走着。他看到我后举起了灯,好像在说"等一下"。但是在他这么做之前,德藏已经掉转车辕,朝哥哥的方向跑过去了。

"辛苦了,德先生,你们去哪里了?"

"嗯,今天带小姐游览了一下江户。"

哥哥苦笑着走到人力车的侧面。

"阿鹤,你先带着这盏灯回去,因为我还要再去一趟油店。"

因为刚吵过架,我出于面子故意没有回话,只是接过了灯。哥哥走了几步又突然折回来,抓着人力车的挡泥板,叫我的名字"阿鹤"。

"阿鹤,你不要再和父亲提人偶的事情了。"

我依旧没有说话。我想,刚刚那么欺负我,难道现在又想教训我?

但是哥哥并没有在意,继续小声地说着:"父亲说不能看人偶不只是因为收了定金。如果拿出来看了,大家都会舍不得,这才是父亲的顾虑。听到了吗?明白了吗?如果明白了,就不要再像刚才那样说什么想再看一眼了。"

我从哥哥的声音中感受到了前所未有的情感。但是哥哥英吉并不是什么通情达理的人。我刚在想是不是他的声音变得温柔了,一分钟后,他便又用往常的声音恐吓我道:"你想说就说吧,到时候有你的好果子吃。"

哥哥说完令人讨厌的话,也没和德藏打招呼,便迅速地离开了。

到了那天晚上,我们一家四口围坐在仓库里吃饭。说是四个人吃饭,可是母亲只是从枕头上抬起头来,所以不算在内。但是,总感觉那天的晚餐比任何时候都要丰盛。不用说也知道,这是因为新的油灯取代了昏暗的无尽灯,发出了更为明亮的光芒。哥哥和我在席间时不时地朝灯光看去。可以看到煤油的玻璃壶身,还有守护着一动不动的火焰的灯罩。啊,如此美丽的煤油灯让我们看得如痴如醉。

"真亮呀,像白天一样。"父亲也回头看了看母亲,满足地说道。

"亮得有些晃眼睛呢。"母亲说道,脸上露出些许不安的神色。

"因为已经习惯了无尽灯……但是一旦用过煤油灯,就再也没有办法用无尽灯了。"

"无论什么事物都是开始的时候觉得晃眼。灯也是,西洋知识也是……"哥哥比谁都兴奋,"习惯了就一样了。以后也一定会有说这个煤油灯昏暗的时候。"

"很可能如此，阿鹤，你妈妈的粥呢？"

"妈妈说今晚不吃了。"

我按照母亲说的，不卑不亢地回答他。

"令人着急呀，一点儿食欲都没有吗？"

母亲被父亲一问，无奈地叹了口气。

"是呀，这个煤油的气味让人……说明我还是一个守旧的人吧。"

这之后我们没再说什么，只是继续动着筷子。但是母亲偶尔会像突然想起来什么似的，夸奖一番油灯的明亮。同时，肿胀的嘴唇似乎也在微笑。

那晚大家入睡时已经过了十一点。我虽然闭上了眼睛，但是无法马上入眠。哥哥不准我再提人偶的事。我也明白了拿出人偶再看一眼是无法实现的愿望，但是想要看的心情却丝毫没有减少。明天人偶就要被送到远方去了，一想到这里，我的眼中就积满了泪水。我甚至想过，趁大家睡着了，一个人悄悄过去看一眼人偶。我也想过要么悄悄藏起来一个，但是一想到很可能会被发现，就放弃了。

说实

话，我从没像那晚那样想过那么多种恐怖的事情。我甚至假设了这些情况。比如，今晚再发生一次火灾吧，这样一来，在交给别人之前，人偶就被烧光了；或者让美国人和秃子丸佐都得霍乱病好了，这样一来，人偶就不用到别的地方去了，我可以一直好好珍藏它们。但是不管怎么说，孩子终归是孩子，所以，不到一个小时，我就不知不觉睡着了。

不知道我睡了多久，半梦半醒中我好像听到仓库里有人起来了，并且点亮了昏暗的灯笼。是老鼠、小偷，还是已经天亮了？我一边猜测一边悄悄地把眼睛睁开一条缝。我看到父亲穿着睡衣侧着身子坐在我的枕边。啊，父亲！但是让我惊讶的不只是父亲，还有摆在他面前的人偶，就是那从女儿节之后就再也没有看过的我的人偶。

人们常说的"怀疑自己在做梦"，大概说的就是像这样的时候吧。我连气都不敢喘，守护着这不可思议的一刻。摇曳的灯光中，我看到了手持象牙笏的天皇人偶、帽子上垂着璎珞的皇后人偶、紫宸殿台阶右侧的橘树、紫宸殿台阶左侧的樱花、扛着长柄太阳伞的杂役、高高托起高脚盘的宫女、小巧的泥金画梳妆镜和首饰盒、贝壳材质的屏风、餐具、带纸罩的蜡烛灯、彩色的线球，以及父亲的侧颜。

这是梦吗？啊，我之前已经说过这句话了。但是，那天晚上的人偶真的不是我在做梦吗？是不是我太想见人偶，所以不知不觉中出现了幻觉呢？即便是现在问我，我也不能断定那天晚上的事情到底是真的还是假的。

但是那天半夜,我确实看到了独自端详人偶的年迈的父亲,只有这点我能十分确定。如果是那样,即便我看到的是梦,也不会特别遗憾了。不管怎么说,我亲眼看到了那个与我一样对人偶恋恋不舍的父亲,就是那个尽管有些怯懦却越发显得庄严的父亲……

神犬与魔笛

一

从前，大和国[1]葛（gé）城山的山脚下，住着一个叫作发长彦（yàn）[2]的年轻樵夫。因为他的脸部线条像女性的一样柔和，头发也像女性的一样长长的，所以大家就给他起了这个名字。

发长彦十分擅长吹笛子，即便上山砍柴，他也会在中途休息的时候，抽出挂在腰间的笛子，独自享受音乐的魅力。

令人意想不到的是，只要发长彦吹响笛子，花草就会随声起舞，树木开

---

[1] 大和国：日本旧称。
[2] 彦：日本男子的美称。

始沙沙作响，飞鸟与野兽也相继聚拢过来，仿佛所有动植物都能听懂笛声一样，直到笛声消失才会停止。

这一天，发长彦像往常一样坐在大树根上毫无杂念地吹着笛子。突然，一个只有一条腿，身上佩戴着许多青色勾玉的彪（biāo）形大汉出现在了他的面前。

大汉说道："你的笛子吹得不错。很久很久以前，我就一直住在山洞里，整日做着关于神仙时代的梦。但是自从你来山上砍柴后，我就被你的笛声吸引了，每天都听得饶有兴趣，很是开心。所以我今天特地现身前来感谢你。说吧，你想要什么都可以。"

樵夫想了想回答说："我喜欢狗，请送我一条狗吧。"

听了这话，大汉大笑起来，说道："只要一条狗？你还真是清心寡欲。不过我钦佩你的清心寡欲，就送你一条这世上绝无仅有的神犬吧。我是葛城山的独脚仙。"

随着独脚仙一个响亮的口哨，一条白犬从森林深处奔了出来，掀起满地落叶。

独脚仙指了指这条狗，说道："它的名字叫阿嗅，不管在多远的地方发生的事情，它都能嗅出来，非常聪明。从今往后，就由你用一生时间来代替我好好照顾它吧。"

说完，独脚仙就像雾一样消失了。

发长彦高高兴兴地带着白犬回了家。

第二天他照常上山砍柴，也没多想，仍旧像往常一样吹起笛子。这次，一个脖子上挂着黑色勾玉，只有一条胳膊的壮汉不知从何处冒了出来。

他说："我是葛城山的独臂仙，今天也是来感谢你的。听说，昨天我的兄长独脚仙送了你一条狗，所以你有什么想要的东西不必客气，尽管开口。"

于是发长彦再次回答道："我想要一条不亚于阿嗅的狗。"

独臂仙立即吹响口哨，唤来一条黑犬，说道："它的名字是阿飞，不管是谁，只要坐在它的背上，什么地方都能到达。明天，我的弟弟也会来给你送礼物的。"

说完，独臂仙就和他的兄长一样消失得无影无踪了。

第三天，发长彦刚把笛子放到嘴边，一个头发上戴着红色勾玉，只有一只眼睛的高个子男人像风一样从天而降了。

"我是葛城山的独眼仙，听说两位兄长都给你送了礼物，那么我也送你一条不逊于阿嗅和阿飞的神犬吧。"话音未落，口哨声已在森林中回荡。一条露出獠牙的斑点犬跑了过来。

"这是阿啮（niè）。不管多么厉害的鬼神，只要与它为敌，都会被它一口咬死。不过，你要记住，我们送你的狗，只要你吹响笛子，不管有多远都会回到你的身边。但是，如若没有笛子，它们就不会回来了，切记切记。"

独眼大仙一边说着,一边像风一样卷起阵阵落叶,腾空飞去,瞬间消失得无影无踪。

二

之后过了四五天,发长彦带着三条神犬,吹着笛子在路上走,前方是葛城山山脚下的一个三岔路口。

当他走到岔路口时,正好遇到了两名骑着高头大马、身背弓箭的年轻武士,一左一右从两条路上慢慢悠悠地走了过来。

发长彦见状收起笛子,有礼貌地鞠躬问道:"停一下,停一下,尊贵的武士,请问你们要去往何方?"

两个武士你一言我一语地回答道:

"飞鸟国大臣的两个女儿据说在一夜之间消失得无影无

踪，我们猜测也许是被什么鬼怪抓走了。"

"大臣非常担心，宣告天下不管是谁，只要能找到两位公主，便赐予丰厚的奖励，因此，我们二人正在寻找公主的下落。"

两名武士对于这个长得像女人一样的樵夫和三条狗，完全没放在眼里。说完话，便急匆匆地上路了。

发长彦认为自己打听到了好消息，立即摸了摸白犬的头，对它说道："阿嗅，嗅，嗅一嗅公主的下落。"

于是白犬阿嗅开始顺着风向，不停地吸溜着鼻子，没过多久它就打了个冷战，复命说："汪！汪！大公主被住在生驹（jū）山山洞里的食餍人抓走了。"

所谓食餍人，就是过去喂养八岐（qí）大蛇①的大恶人。

樵夫立即将白犬和斑点犬夹在两侧腋窝下，跨上黑犬并大声喊道："阿飞，快飞到住在生驹山山洞里的食餍人那里去。"

发长彦话还没说完，脚下便升起一股强劲的旋风。瞬间，黑犬便像一片树叶似的冲上了蓝天，钻进云端，朝着遥远的生驹山山峰笔直地飞了过去。

三

发长彦来到生驹山，果然看见生驹山的半山腰有一个很大的洞穴，一位

---

① 八岐大蛇：出现在《古事记》神话中的八头八尾大蛇。

戴着金发梳的美丽公主正独自在那里抽泣。

"公主,公主,我是来救您回去的,所以您不用再害怕了,快收起眼泪,准备回到您父亲的身边吧。"

听了发长彦的话,三条神犬叼起公主的裙摆和衣袖,汪汪叫道:"快收起您的眼泪吧。汪汪汪!"

但是公主的眼中还是噙满了泪水,她轻轻抬起指尖指着洞穴深处说:"把我掳来的食餍人就在那里面,因为一直在喝酒,所以现在睡着了。即便我现在可以跟您走,但是等到他醒来,还是会很快追上来,到时候,我们都活不成。"

发长彦莞尔一笑,说:"区区食餍人而已,不足挂齿。今天我就在这里证明一下自己,且看我是如何不费吹灰之力就消灭他的。"

发长彦说着拍了下斑点犬的背,用轻松的口吻说道:"阿啮,阿啮,去将这洞穴里的食餍人一口咬死。"

斑点犬立刻露出獠牙,吠声如雷,勇猛地冲进洞穴深处。不一会儿,它就叼着鲜血淋漓的食

屋人的头颅,摇着尾巴回来了。

与此同时,再一次发生了不可思议的事情。从被云雾掩盖的谷底中升起了一阵风,风里不知道是谁在温柔地说:"谢谢您,发长彦。我不会忘记您的恩情的。我是一直以来被食屋人欺压的生驹山的驹姬。"

但是公主似乎正沉浸在重获新生的喜悦中,并没有听到这个声音。过了一会儿,她担心地对发长彦说道:"承蒙您的恩德,我捡了一条命,但是不知道我的妹妹此时此刻在哪里,正面对着什么。"

发长彦听了公主的话再次摸了摸白犬的头说:"阿嗅,嗅一嗅公主的下落。"

白犬立即抽了抽鼻子，然后仰起头看着主人的脸回答道："汪！汪！小公主被住在笠（lì）置山山洞里的土蜘蛛抓走了。"

土蜘蛛是当年神武天皇亲自讨伐过的一个坏法师。

于是发长彦像来时一样，夹起两条神犬，和公主一起骑上黑犬，然后说道："阿飞，阿飞，飞到住在笠置山的土蜘蛛那里去。"

黑犬腾空而起，像箭一样飞向高耸入云的笠置山。

四

一行人到了笠置山。住在这里的土蜘蛛是个满肚子坏水的家伙，它一发现发长彦，就特意跑到洞口来迎接。

"啊，瞧瞧这是谁啊，是发长彦！远道而来累坏了吧？来，快进来坐。我这儿没什么好东西招待您，只有生鹿胆和熊胎。"土蜘蛛满脸堆笑地说道。

但是发长彦摇了摇头，气势汹汹地叱道："不，你不用假惺惺装模作样。我是来要回被你掳走的公主的。赶紧把公主交出来，否则你的下场将和食餍人一样，死路一条！"

土蜘蛛一点点地蜷缩起来，用颤抖的声音说："还给您就是了，为什么不呢？在这洞穴深处只有公主一人，请您进去将她带出来吧。"

于是，发长彦带着大公主和三条神犬一起走进了洞穴。洞穴深处确实有一位戴着银发梳的可爱公主正在那儿悲伤地啜泣。小公主听到有人来了吓了一跳，赶紧转向这边。当她看到姐姐时，不由得喊出声来："姐姐！"

"妹妹！"

两姐妹同时向对方跑去，抱在一起，喜极而泣。发长彦见状感动地也流下了眼泪。

突然，三条神犬的背毛都竖了起来，它们发疯似的叫起来。

"汪！汪！可恶的土蜘蛛！"

"可恨的家伙！汪！汪！"

"汪！汪！汪！你给我记住！汪！汪！汪！"

发长彦回头一看，不知何时，那只狡猾的土蜘蛛竟然用巨大的岩石从外面把洞口堵得严严实实，连一条缝隙都没留。

不仅如此，土蜘蛛还在岩石的另一头叫嚣着："发长彦，你活该！用不了一个月，你们就会饿死在里面！怎么样，我的计谋不错吧？"土蜘蛛大笑着拍起手来。

这下，就连发长彦也在懊恼地想："糟糕！被算计了。"

不过，不久他就想起了腰间的笛子。只要他吹响笛子，不管是飞禽走兽，还是花草树木都会听得如痴如醉。没准儿那个狡猾的土蜘蛛也会为笛声

心动。

于是发长彦鼓起勇气，心无杂念地吹起笛子，笛声安抚了狂吠中的神犬。邪恶的土蜘蛛好像也被笛声吸引了，它渐渐忘记自我，开始把耳朵贴在洞口上认真地听。它越听越入迷，开始将巨石朝旁边一点点挪开，一寸、两寸……

当缝隙足够一个人通过时，发长彦立即中断笛音，拍了拍斑点犬的背命令道："阿啮，阿啮，咬死站在洞口的土蜘蛛。"

土蜘蛛听到这话吓破了胆，赶紧要跑，可惜已经来不及了。阿啮如闪电一般冲出洞穴，速度快到土蜘蛛还没感觉到疼痛，就被咬死了。

这时，奇怪的事情又发生了。谷底又吹起一阵风，风里一个声音温柔地说道："谢谢您，发长彦。我不会忘记您的恩德。我是一直被土蜘蛛欺压的笠置山的笠姬。"

五

发长彦带着两位公主和三条神犬来到了笠置山的山顶。大家一起坐在黑犬的背上腾空而起，飞往飞鸟大臣所在的都城。

途中，两位公主卸下自己的金发梳和银发梳，悄悄地别在了发长彦的长发上。发长彦并没有注意到这件事，他俯视着脚下美丽且辽阔的大和国的土地，拼命地催促着黑犬，它正如流星般划过天空。

其间，发长彦驱使黑犬经过了故事开头的那个三岔路口的上空。他向下一看，正好看到之前的那两名武士，不知从何处归来，仍并排骑着马，急匆匆地朝都城的方向赶去。

发长彦突然想要向他们炫耀一下自己的功绩，便对着黑犬命令道："下降，下降。到那个三岔路口去。"

另一边，两位武士四处打探无果，正垂头丧气地赶回京城，却突然看见公主们和一个像女人一样的樵夫一起骑着威风凛（lǐn）凛的黑犬从天而降，吃惊到说不出话来。

发长彦从犬背上下来，再一次礼貌地鞠躬说道："尊贵的武士，我同二位分开后立即飞往了生驹山和笠置山，如您所见，救出了两位公主。"

两位武士因被卑微的樵夫抢了先，又是羡慕又是嫉妒，气得不得了。不过他们表面上仍是笑颜相对，不停地夸奖发长彦的能耐。终于，他们将三条神犬的由来和腰间笛子的神奇之处打听得一清二楚。

趁发长彦放松警惕之际，二人悄悄地拿走了笛子，然后迅速跨上黑犬，带上两位公主，夹起另外两条神犬，齐声喊道："飞，飞。飞到飞鸟大臣所在的都城去。"

发长彦大吃一惊，赶忙扑向二人，但为时已晚。

大风骤起，黑犬紧紧卷起尾巴，载着武士们，飞向了遥远的天边。剩下

的，只有发长彦和武士们的两匹骏马。

发长彦倒在三岔路口的交会处，悲痛地大哭起来。

这时，从生驹山的方向吹来一股清风，风中有一个温柔的声音对他耳语道："发长彦，发长彦，我是生驹山的驹姬。"

同时，好像从笠置山的方向也吹来一股清风，风中也有一个温柔的声音轻声说道："发长彦，发长彦，我是笠置山的笠姬。"

紧接着，她们不约而同地说："请不要着急，我们这就去追赶武士们，为您夺回笛子。"话音未落，一阵急风"嗖"的一声，便朝着刚才黑犬飞走的方向吹了过去。

然而没过多久，那风就又回到了三岔路口上。像之前一样，风中夹杂着轻柔的耳语，从高空落下。

"那两个武士已经和两位公主一起面见了飞鸟国大臣，并且得到了许多奖赏。快，快，快吹响笛子把三条神犬召唤回来。在神犬回来之前，就让我们为您这趟成名之旅做一些准备吧。"

话音刚落，笛子就重回发长彦手中了。

紧接着金色的铠甲、银色的头盔、用雀翎（líng）制成的箭、用香木制成的弓等，这些精美的大将装备散发着耀眼的光芒，像雨滴一样噼里啪啦地落在发长彦的面前。

六

不久，等发长彦背着香木弓、雀翎箭，骑着黑犬，夹着白犬、斑点犬，像神明一样降落到飞鸟国大臣的宅邸时，那两名年轻的武士震惊了。

事实上，不光是武士，连大臣都被发长彦威风凛凛的英姿震惊了。他像做梦一样呆呆地眺望了好一会儿。

然而，发长彦做的第一件事就是摘下头盔，然后礼貌地朝大臣鞠了一躬说道："我叫发长彦，住在大和国葛城山的山脚下。打败了食餍人和土蜘蛛救出两位公主的人是我，不是那两名武士，他们连一根手指都没有动过。"

那两名武士早已把从发长彦那儿听来的故事当成自己的事吹嘘了一番，所以赶忙打断发长彦假装诚恳地说道："这家伙说谎！斩下食餍人脑袋的是我们，识破土蜘蛛阴谋的也是我们。"

站在正中央的大臣也分辨不出真假，因

此只能左看看，右看看，最后看向公主们，问道："这件事最好还是问你们。你们认为到底是哪一方解救的你们呢？"

两位公主一起靠向父亲的胸膛，害羞地回答道："解救我们的是发长彦。我们将发梳卡在了他那柔顺的长发里，那就是证据，请您查验。"

大臣一看，果然发长彦的头上插着闪闪发光的金发梳和银发梳。

事到如今，两名武士已走投无路，"扑通"一声跪在大臣面前，瑟瑟发抖地说道："是我们诡计多端，把解救公主的功绩说成了自己的。现在我们坦白了，还望您饶我们一命。"

这之后的事情，不言而喻。发长彦不仅得到了许多奖赏，还成为飞鸟国大臣的女婿。而那两名年轻的武士则被三条神犬追着连滚带爬地逃出了大臣的宅邸。只不过，是哪位公主嫁给了发长彦呢？因为时间久远，故事的结局已经记不清了。